KB097344

어떤 날에도
위로는 필요하니까

어떤 날에도 위로는 필요하니까

—

2021년 9월 10일 1판 1쇄 인쇄
2021년 9월 23일 1판 1쇄 발행

—

글·그림 선미화
펴낸이 이상훈
펴낸곳 책밥
주소 03986 서울시 마포구 동교로23길 116 3층
전화 번호 02-582-6707
팩스 번호 02-335-6702
홈페이지 www.bookisbab.co.kr
등록 2007.1.31. 제313-2007-126호

—

기획 권경자
디자인 디자인허브

—

ISBN 979-11-90641-60-9 (03810)
정가 14,500원

ⓒ 선미화, 2021

이 책은 저작권법에 따라 보호받는 저작물이므로 무단전재와 무단복제를 금합니다.
이 책 내용의 전부 또는 일부를 사용하려면 반드시 저작권자와 출판사에 동의를 받아야 합니다.

책밥은 (주)오렌지페이퍼의 출판 브랜드입니다.

어떤 날에도 위로는 필요하니까

글·그림 선미화

책밥

프롤로그

지나간 삶의 흔적들로 인해 괴로워지는 순간이 있다.

물론 과거의 모든 날이 쌓여 오늘이 있는 것이겠지만
채 회복되지 못한 상처가 벌어지고
아직 아물지 않은 속살이 드러나는 것만큼 아픈 일도 없다.

한동안 누군가로 인해 괴로운 며칠을 보냈다.
아직도 매 순간 가장 어려운 일은 사람 사이의 문제여서
또 며칠을 문제가 된 그 순간 그곳에서 꼼짝할 수가 없었다.

지금은 괜찮아졌다고 생각했는데
예전에 겪은 일과 비슷한 문제로 또 비슷하게 앓는 것을 보면서
아직도 어제의 나로 머물러 있는 듯한 괴로움까지
추가된 듯했다.

아직도 나는 그저 좋은 오늘을 보내는 일이 어려울 때가 많다.

지나간 어떤 날과 오지 않은 날들 사이에서

오롯이 오늘의 나로 살아가는 날이 며칠이나 될까 싶다.

그래서 더 간절하게

마음을 담아 이야기하고 싶었는지 모른다.

나의 좋은 사람들이

그저 좋은 오늘을 보내면 좋겠다고 말이다.

차 례

돌아갈 곳이 있는 여행

변하지 않는 것들의 위로

당연하지만 당연하지 않은 것들

고만고만한
보통의 날들이 모여

보통의 날들

매일의 일과는 대부분 비슷비슷하게 흘러간다.
비슷한 시간에 일어나 밥을 먹고
비슷한 모습으로 일을 하고
비슷한 시간에 잠이 든다.

반복되는 일상에서 습관처럼 하루를 지내다 보면
어느새 한 주가 지나고 한 달이 흘러간다.

달력의 날짜를 세어 보며
어느새 훌쩍 흘러간 시간에 놀랄 뿐이다.
그렇게 정신없이 흘러간 날들의 잔상은 꽤나 비슷해서
가끔은 의미 없이 사는 것처럼 느껴진다.

하지만 눈을 크게 뜨고 가만히 들여다보면
비슷하긴 해도 같은 날은 없다.

비슷한 일상인 것 같아도

매일 다른 음식을 먹고
매일 다른 기분으로 살아간다.

날씨가 다르고
만나는 사람들의 모습도
분명 다를 것이다.

내 곁에는 그냥 지나치는
일상의 다양한 모습이 존재한다.

나를 안다는 건
그런 일상의 모습을
흘려보내지 않고 챙겨
마음에 담는 것이다.

딴짓을 권함

가을이 되면 떨어진 낙엽을 쓸고
날이 좋을 때면 햇볕 잘 드는 곳으로
화분을 옮겨 놓는다.

그런 계절에는 하루가 다르게 자라나는
텃밭의 잡초를 뽑아주는 것도 좋다.

재미있어 구독하게 된 유튜브를 찾아보는 건 별로.
너무 빠져들어 시간을 순삭하게 될지도 모른다.

당연히 아껴보려던 영드나 미드를 클릭하는 것도 금물.
나도 모르게 밤을 꼴딱 새우게 될 것이 뻔하다.

누군가는 문틈이나 화장실 타일 사이사이
평소 잘 보이지 않는 곳을 찾아 청소를 한다고 하는데
그것도 꽤나 유용한 방법인 것 같다.

마감이 코앞에 닥쳐 숨을 헐떡일 때마다 생각한다.
나는 왜 이럴 때 꼭 딴짓이 하고 싶은 걸까.

평소 보이지 않던 떨어진 낙엽이 보이고
유난히 밝은 햇살이 눈에 들어온다.
신경 쓰이니 우선 보이는 것부터 처리하고 봐야지 싶다.

집중이 되지 않을 때는
잠시 그 일에서 벗어나는 것도 좋다.
잠시 다른 곳에 정신을 팔다 보면
문득 좋은 아이디어가 떠오를 수도 있고
팽팽히 당겨져 있던 마음의 긴장이 풀어져
수월하게 집중할 수도 있으니까 말이다.

뭐, 또 그러지 못하면 어떤가.
그저 그 틈에 잠시 숨 고르기 했다면
그 정도로도 충분하지 않을까.

고만고만해 보여도

언젠가 기회가 되면
텃밭을 가꿔보고 싶다는 생각을 했는데
마침 운 좋게도 마당 있는 집으로 이사를 했다.

말로만 들었지 실제로는 처음인지라
모든 것이 신기하고 재미있다.
씨앗을 심었을 뿐인데
어느 날 삐죽 올라온 푸릇한 싹들이 감격스럽기까지하다.

집집마다 갖고 있는 크고 작은 텃밭 덕에
남의 집 텃밭에서 키우는 작물도 쉽게 볼 수 있다.

한데 가만 보니 다른 집 고추는 주렁주렁 달린 반면
우리 집 고추는 손톱만 한 게 겨우 하나 달렸을 뿐이다.
멀칭(땅을 짚이나 비닐 따위로 덮어주는 일)을 안 해서 그런지
잡초들이 무성한데, 다른 집 텃밭은
잡초 한 포기도 없어 보인다.

심지어 우리 집 텃밭에 심은 모종은
잎이 노랗다 못해 말라 떨어져 나가는데
다른 집 작물들은 푸르다 못해 싱그럽다.

문득 우리 밭만 못나게 자라는 것 같아
열심히 가꾸던 일마저 하지 않을 때가 많아졌다.

속상해 하소연하니
경작하지 않던 땅이라
척박해서 시간이 걸린단다.

시들시들해 보이지만
나름 땅에 적응하는 중이니
대견하게 생각해야 한다고.

그냥 시간이 걸릴 뿐이지 잘 자라고 있는 거라고
들여다보고 말도 걸어주고 물도 많이 주면

내년 후년에는 땅이 서서히 좋아져
식물도 잘 자라게 될 거라고 한다.

그 말을 듣고 살펴보니 무성해진 잡초들 사이로
싹들이 어느새 성큼 자라 있는 것이 보인다.

고만고만해 보여도
딴에는 말도 안 되는 환경에서
무지하게 애쓰고 있는 거였다.

왠지 비교하며 투덜거린 게
미안해진다.

그 시절,
내가 사랑했던 그곳

얼마 전 오랜만에 찾아간
단골 미용실이 없어졌다는 사실을 알게 됐다.
자주 가기에는 너무 먼 곳으로 이사 오기도 했지만
요즘엔 그다지 머리 손질에 공을 들이지 않아
애써 찾아가지 않았는데
그새 다른 곳으로 자리를 옮겼는지 문을 닫았는지
눈에 보이지 않았다.

단골이라는 꼬리표를 단 곳들이 대부분 그렇듯
오랜 시간 (물론 나의 필요에 의해) 찾은 곳이지만
그렇다고 개인적인 연락을 주고받는 사이는 아니었기에
그곳의 자세한 소식을 알 수는 없었다.

단지 항상 있었으니 몇 년의 부재에도 불구하고
여전히 그 자리에 있을 거라는 막연한 믿음으로
미리 연락도 않고 찾았던 것이다.

오랜만의 방문이라 머리를 어떻게 손질할지부터
그동안 어떻게 지냈는지와 같은 안부를 나누며
예전처럼 편안하게 이야기할 수 있겠지,
그래서 조금 설레기까지 했는데
아무것도 할 수 없어 마음이 무척 허무했다.

내가 문을 열고 들어가면
언제나 그곳에서 "오셨어요?" 하며
반겨줄 것 같던 곳이 사라지다니.

길게 설명하지 않아도
나에게 가장 잘 어울리는
머리 모양을 만들어주던 곳이 없어져
아쉽기도 했지만 마지막 인사도
제대로 못한 것이 못내 서운했다.

그리고 괜히 머리카락에 화풀이하듯

한 달이 멀다 하고 찾아가던 그 시절 그곳에서
그렇게 머리 모양을 바꾸며 느꼈던
순간의 감정까지 한꺼번에 차올라
왠지 눈물이 날 것 같았다.

언제나 그 자리에 있을 것만 같던 곳들이
사라지는 경험을 요즘은 꽤 자주 한다.
그때마다 소중한 것을 잃어버려
찾을 수 없음을 알게 된 어떤 날처럼
서러운 마음이 몰려온다.

어쩌면 이제는 더 이상 그 시절,
그 마음으로 다시는 돌아갈 수 없음을
깨달았기 때문인지도 모르겠다.

머쓱타드

누군가에게 화가 났던 때를 되돌아보면
많은 순간 '나 같으면…'이라고 생각하는 나를 발견한다.

나 같으면 이러지 않았을 텐데
왜 내 마음과 같지 않냐며
정답을 정해두고 그것을 맞추지 못했다고
화를 내는 모습 말이다.

그런데 정말 어이가 없는 건
며칠 지나 비슷한 상황을 겪게 되면
'나 같으면 그랬을 텐데'라고
생각했던 대로 행동하지 않는
나를 발견한다는 거다.

채워지는 맛

차를 좋아하는 이웃 덕분에
종종 모여 차를 마신다.

처음에는 차와
평소에 마시는 물의 차이를 알지 못해
무슨 맛으로 먹는 건가 싶었는데,
한 잔 두 잔 마시다 보니 향도 알게 되고
마시면 전해지는 몸속 따뜻함도 느낄 수 있게 되었다.

그러면서 차에 대한 상식 같은 것들도 덤으로 알게 됐다.
차를 마시기 위해 며칠에 한 번씩
산에서 내려오는 약수를 떠다 주시는 분이 있는데
차를 내릴 때는 물이 굉장히 중요하기 때문이란다.

또 찻잎을 따고 차를 만드는 사람의 정성과
차를 내리는 사람의 마음에 따라
차 맛이 달라진다고도 한다.

찻잎을 따고 덖는 누군가의 정성과
매번 물을 길어다 주는 어떤 이의 정성,
그리고 차를 내리는 사람의 마음이 더해져
차의 맛과 향이 결정된다.

무언가에 쏟는 마음이란 게
그런 것이 아닐까 싶었다.

고작 한 모금의 차이지만
그것에 담긴 사람들의 정성은
비교할 수 없을 만큼 크다.

그리고 그것을 알지 못하고 마셨을 때와
알고 마셨을 때의 마음도 달라진다.

정성을 다한다는 것, 마음을 쏟는다는 것
그리고 그것을 안다는 것만으로도

따뜻한 마음이 차오른다.

그 안에 들어간 노고와 정성에 기운이 난다.
차를 마시면 몸이 따뜻해진다고 느꼈던 게
그런 이유 때문인지도 모르겠다.

누군가의 노고와 정성으로
나의 마음이, 나의 시간이 가득 채워진다.

좋아하는 것이 가득한 곳에 사는 것

긴 겨울 동안 반려식물 키우기에 도전했다.
식물이 주변 가득한 곳에 살면서
굳이 뭘 또 집에서까지 키우냐는 사람들도 있지만
내가 좋아하는 향이나 좋아하는 모양의 식물들이
내가 주는 물을 먹고, 나와 함께 햇볕을 쬐며
한집에서 살아가는 걸 보는 건 좀 다른 기분이다.

요즘 마트에 가면 식물 파는 곳을 꼭 둘러보곤 한다.
미세먼지 때문인지 공기 정화 식물들을 마트에서도 손쉽게
그것도 아주 저렴한 가격으로 구입할 수 있기 때문이다.
저렴하다는 건 반려식물 키우기를
적극적으로 시작하게 된 매우 중요한 이유 중 하나다.

키우다가 이것도 도저히 안 되겠다 생각될 때
미련 없이 그만둘 수 있고
더 많은 반려식물을 들여놓고 싶을 때
높은 가격 때문에 망설이지 않아도 되니까 말이다.

얼마 전 마트에서 아주 저렴한 가격에
반려식물을 구입해 들여왔다.
속으로 쾌재를 부르며 마음에 드는 화분을
고민하지 않고 카트에 담았다.
기분 좋은 김에 좀 더 높은 가격대의 화분도
몇 개 더 골라 집으로 데려왔다.

잎의 먼지를 닦아주고
메마른 흙에 물을 주면서
비록 비싸거나 좋은 것은 아니지만
내가 좋아하는 것들로 가득 채워진 곳에서 사는 게
참 좋다는 생각을 했다.

오늘을
잘 지내야 하는 이유

조용한 겨울이다.
밭에서 작물이 자라나는 봄부터 가을까지는
그것을 돌보는 이들의 분주한 소리로 소란스러웠는데
겨울은 그마저도 없어 조용하다 못해 고요하다.

분주함이 넘쳐나는 도시에서는
그런 고요함이 불안했다.
바쁘게 살아가는 사람 속에서
나만 한가한 것 같아
고요함이 막연했고
그래서 더 불안하고 또 초조했다.

이곳의 고요함은
도시의 그것과는 다르게
나른하고 편안하다.

그것은 곧 다가올 봄의 분주함을

준비하는 과정임을 알고 있기 때문이다.

오늘을 잘 쉬어야
내일의 분주함을 견딜 수 있다는 것을
알기 때문이다.

많은 것이 멈춰 있는 오늘의 시간도
곧 다가올 분주한 그날을 위해
부디 불안함보다는
편안함으로 잘 지내면 좋겠다.

어렵지만
가벼운 시작

세상 어려운 것 중 하나가 '시작하는 것'이다.
사소한 일 하나도 '잘할 수 있을까, 안 되면 어떡하지?'
걱정과 근심을 늘어놓기 일쑤고
이것저것 생각하고 따지느라
시작도 하기 전에 지쳐버린다.

사실 시작하고 보면
별거 아니거나 쉽게 풀리는 일이 많은데
알면서도 매번 시작의 순간에는 망설이게 된다.

뭐든 잘하고 싶다는 마음으로
비장하게 시작해서 그런 건 아닌가 싶다.
잘하고 싶다는 마음이 드는 건 당연하지만
우리가 최악의 상황을 불사해가며 이뤄야 할 일이
세상에는 그렇게 많지 않다.

그럼에도 비장한 각오를 다지고 시작하려는 일이 많아

무슨 일이 있어도 잘해야 한다는 힘이
잔뜩 들어가 무거워진다.
그 무거움을 알기에
시작이 매번 어려운 것인지도 모르겠다.

시작은 당연히 어렵지만
어려워서 무거워지지 않았으면 한다.
그냥 어려워서 신중하지만
힘이 들어가지 않아
가벼운 마음이었으면 좋겠다.

시작이 반

한 해가 저물고
또 한 해가 시작될 즈음이 되면
해낸 일들과 해야 할 일들에 대해 생각한다.

새해가 되었다고 해서
특별히 달라지는 것도 없는데
새해가 되면 괜히 마음이 설렌다.

분명 3일도 지나지 않아
잊어버릴 게 뻔하지만
그래도 무언가를 결심하고
시작해야 할 것만 같은 기분이다.

올해도 역시나 시작과 동시에
어떤 일을 해볼까 계획을 세우기 시작했다.

몇 년 전에 산티아고 길을 걸었는데

좋은 기억과 여운이 가득 남아
다시 걷고 싶다는 생각을 종종 하던 참이었다.

하지만 해외에 나갈 수 없는 날들이
지속되는 상황에 포기하고 있었는데
갑자기 동해안 길을 따라
쭉 걸어보면 어떨까 하는 생각이 들었다.

와우! 왜 진작 그런 생각을 못했을까.

굳이 저 먼 타국까지 갈 필요는 없지 않은가.
그건 나중에 갈 수 있을 때 가면 되는 거고
우선은 동해안 길을 따라 걸으며
산티아고를 걸으며 했던 것처럼
그림을 그리고 싶었다.

언제가 좋을까.

너무 덥지도 춥지도 않은
5~6월쯤이면 어떨까 싶다.

그리고 그때를 위해
장기적으로 해야 하는 일들은
벌이지 않는 게 좋겠다.
우선 끝내야 할 일들은
그전까지 끝내는 게 좋겠지?
이런저런 생각에 설레기 시작했다.

그런데 요즘 운동도 안 하는데
체력이 괜찮을까?
운동을 시작해야겠다 싶어
온라인 클래스를 충동적으로 등록했다.
(물론 대부분 그렇듯 딱 3일 열심히 했다.)

하지만 시작이 반이라고 했던가.

아직 제대로 시작한 것도 아닌데
그 일을 위해 무언가를 시도하는 것만으로도
마음이 콩닥거린다.

혼자만 신나는 새해다.

*

5~6월쯤으로 생각했던
동해안 걷기는 9~10월쯤으로 미뤄졌다가
다시 내년 3~4월로 미뤄졌다.
여러 가지 이유로 미뤄지긴 했지만
포기하지는 않았으니
새해의 설렘은 아직 진행 중이다.

신박한 마음 정리

물건을 잘 버리지 못하는 편이다.

버릴까 고민도 하지만
언젠가는 쓸 일이 있겠지 하고는
다시 서랍 안에 넣어 둘 때가 많다.

문제는 넣어두고 잊어버린다는 거다.
잊어버리고 있다가
막상 쓰려고 찾으면 없어서 다시 산다.
그러다 이사를 하거나 대청소를 하면서
같은 물건을 몇 개씩 발견하게 된다.

마음도 마찬가지다.
버리지 못하고 묵은 마음의 짐들이 한가득이다.

굳이 들춰보고 싶지 않아
새로운 감정으로 덮어둔 것들에

먼지가 뽀얗게 쌓였다.

설레지 않으면 버리라고 했는데
설레는 마음은커녕
무거운 마음만 가득한 것들이
차곡차곡 쌓여 이내 들어갈 곳 없이
꽉 차 있는 것을 발견한다.

서랍 안을 깨끗하게 정리하려면
한 번은 꺼내 보고 다시 넣어두든 버리든 해야 한다.
날 잡아 싹 비워야지 생각하지만
하루하루 미뤄둔 채 그렇게 살아가다
결국 그마저도 잊어버리고
다시 반복이다.

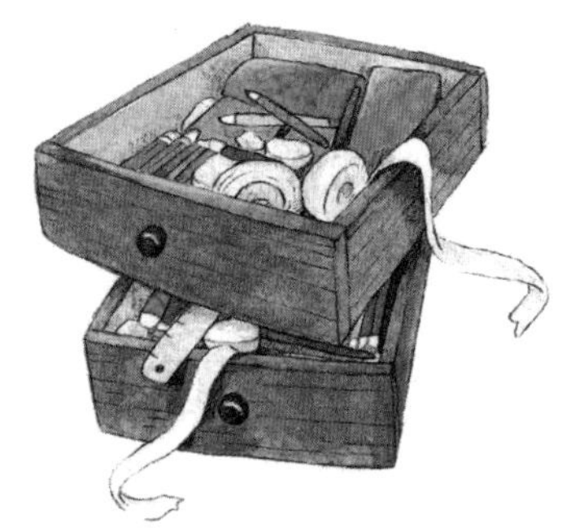

꾸준한 오늘

어떤 일이든 금세 싫증을 낸다.
꾸준히 진득하게 하나의 일에 몰두하는 것이
내게는 무척 힘든 일이다.

새로운 취미가 생겨도
어떤 모임에 참여하는 것도
몇 번 하고 나면 곧잘 흥미를 잃어버린다.

의무감에 나가다가도
결국 가지 않을 핑계를 찾기 위해 애쓰고
그렇게 흐지부지
끝나버리는 일이 부지기수다.

옆 마을에
예술 제본을 한다는 분을 알게 됐다.
내 책을 내 손으로
직접 만들 수 있다는 사실에 흥분해

덜컥 배우겠다고 말해버렸다.

그래서 이웃들과 함께 일주일에 한 번
제본을 배우는 중이다.
이것도 예전의 어떤 것과 마찬가지로
금세 싫증이 날 수 있다.

하지만 이번에는 동행하는 이들이 있어
못 가는 핑계를 만들기가 쉽지 않다.

정말 크게 아프거나
어쩔 수 없는 일정이 있지 않은 이상
참석하지 않을 수가 없다.

그럼에도 매주
이런저런 핑곗거리를 찾고 있는 나를 발견한다.

이건 아무래도 습관인 것 같다.

나의 꾸준한 오늘은

혼자의 힘으로 만들 수 없는 일이다.

걷는 사람

새로운 장소에 대해 알고 싶을 때
주변을 걷는 것만큼
효과적인 방법은 없을 것이다.

그래서 여행을 가게 되면 무조건 걷는데
걷는 것 외에 다른 수단은
아예 생각조차 하지 않는 경우가 많다.

걷는 속도에 맞춰 다르게 보이는 풍경
심호흡에 따라 맡게 되는 공기의 냄새 같은 것들을
하나라도 더 담고 싶어 주변을 정성스레 바라보며
마음에 기록하려 노력한다.

기다렸던 여행의 순간이니
오롯이 그 순간에만
집중하고 싶은 마음뿐이다.

대개는 하루 중 많은 시간을
일을 하거나 미래에 해야 할 일을 생각하며 살아간다.

몸은 이곳에 있지만
마음은 다른 곳에 가 있는 경우가 많다.
그래서인지 때론
오늘 하루 무엇을 했는지조차
기억나지 않는다.

오롯이 지금
이 순간을 살아간다는 건
생각보다 쉽지 않다.

여행의 순간뿐 아니라
오늘도 내가 걸어야 하는 이유다.

막연한 시간

나의 일은 대부분
막연한 시간을 기다리는 것으로 시작된다.

무엇을 그리고, 무엇을 써야 하는지 생각하고
그것이 떠오를 때까지
기다리는 시간이 대부분이다.

막상 이미지가 떠오르면
완성되기까지의 시간은 그렇게 길지 않다.

하지만 막연해서 막막한 시간이 길어지면
어느 순간 툭 마음이 쪼그라든다.
어쩌면 나는 아무것도 하지 못하는 사람일지도 모른다는
의심이 마음 안에서 몽글몽글 솟아오른다.

나에겐 그 의심을 떨쳐버리는 게
이미지를 떠올리는 것보다 더 어려운 일이다.

낯선 곳을 찾아가는 길이라거나
멀리서만 보던 산을 처음 올라가는 일은
막막함과 두려움이 공존한다.

그래서인지 미리 확인했던 시간보다
오래 걸리는 것 같아
내내 스마트폰을 들여다보곤 한다.

하지만 막상 도착하고 보면 생각보다
얼마 걸리지 않은 시간에 또 놀란다.
그리고 돌아가는 길은 예상할 수 있어 그런지
갈 때보다 더 짧게 느껴진다.

일도 삶도
어쩌면 길을 찾아가는 것과 비슷하지 않을까.

막막한 시간들을

불안과 초조함으로 채우다 보면
시간은 더디게 흘러간다.

불안하고 초조한 마음 때문에
새로운 아이디어를 떠올리기도 쉽지 않다.
불안해서 생각나지 않고
생각나지 않아서 더 불안한
몹쓸 과정의 반복만 남을 뿐이다.

막연하지만 길은 분명히 있고
견디고 나아가면 언젠가는 도착할 거라는 것을 알기에
씩씩하게 한 걸음씩 내디딜 수 있다.

그것을 잊지 않고 나아가는 일이 어려울 때도 있지만
어차피 시작한 것 도착할지 아닐지는
나아가지 않으면 알 수 없다.

그땐 틀리고
지금은 맞는 이야기

몇 년 전인가
뜬금없이 동생에게 전화가 왔다.
함께 살고 있지 않으니
특별한 일이 없으면 연락도 않는
흔한 친하지 않은 남매였기에
뜬금없는 전화가
웬일이지 싶으면서도 반가웠다.

그런 나의 기분과는 반대로
전화기 너머 들리는 목소리의 크기와
거친 숨소리는 심상치 않았다.

전화가 연결되자마자
속사포처럼 쏟아내는 동생의 이야기는
도통 이해할 수 없는 것투성이었다.

끝내는 감정에 복받쳐

눈물까지 어리는 목소리에 당황했지만
그때의 나는 동생의 분노에 찬 전화에
대꾸할 여력이 없었다.

다짜고짜 화를 쏟아내는 동생에게
결국 같이 화를 내며 전화를 끊어버렸다.

몇 년의 시간이 흐르고
그때 동생이 화를 낸 이유도 알게 되었다.
독립한 누나 대신 집안의 여러 일을
오롯이 혼자 감당하고 있던 동생이
결국 폭발한 것이었다.

나에게도 나름 입장이 있었지만
동생 입장에서는 많은 일들을
자신에게 미루고 도망쳐버린 누나가
꽤나 원망스럽고 미웠을 것이다.

너무 늦게 알게 된 탓일까.
동생은 그 몇 년의 시간이
그 안의 상처가 깊이 남아
원망의 마음으로 오랜 시간 괴로워했다.

나중에 이야기를 듣고
그때 좀 더 들어줄 걸
제대로 들여다볼 걸 하는 후회와 죄책감에
눈물을 펑펑 흘렸던 기억이 있다.

시간이 지나면서
알게 되는 일들이 있다.
그땐 틀리고 지금은 맞는 이야기들 말이다.

그때는 이해하지 못했던
누군가의 말과 행동, 주변의 상황들이
지금은 그럴 수밖에 없었겠구나

이해되는 일들 말이다.

지금의 어떤 일들도
시간이 조금 지난 뒤에는 이해할 수 있을까 싶다.

내 상황과 감정에 휩싸여
보이지 않던 정답이 보이는 순간이
과연 올까 싶기도 하다.

한 치 앞도 보지 못하는 나는
아직도 그런 게 어렵다.

나의 작은 세계

어떤 날의 우울함과 절망
그럼에도 그런 것들을 극복한 날의 뿌듯함
그리고 살아있어 느낄 수 있는
주체할 수 없는 기쁨과 행복까지
그러한 것들이 켜켜이 쌓여
나의 세계가 만들어진다.

절망한 순간의 모습을 돌아보며
누군가의 슬픔을 이해하고
성공했던 순간의 짜릿함으로
내일의 나를 기대하는 것.

그렇게 모든 순간의 나를 발판삼아
나의 작은 세계는
조금씩 넓어지고 단단해진다.

손바닥만 한 공간이라도

지금 사는 집은 네 채가 모여
한 집을 이루는 모양이다.

공간이 나누어져 있다 보니 다 사용할 수 없어서
요즘 많이들 이용하는 공유 숙박 서비스를 통해
한 채를 빌려주기로 했다.

비어 있으니 활용해
소소하게 용돈벌이라도 해보자 시작했는데
막상 시작하고 보니 좋은 점은
그것뿐만이 아니었다.

머물 수 있게 꾸며놓으니
지인들이 왔을 때
편하게 쉴 수 있는 공간이 되었다.

형편이 넉넉하지 않던 시절

이곳저곳 다니며 참 많이도 객식구 노릇을 했다.
그때는 별 생각 없이 들락날락했지만
돌아보면 엄청난 민폐였다.

지금처럼 누군가 오기 전에
청소를 해야 하고 누군가에게 대접할
음식에 대한 고민을 하게 되는 순간이 오니
더욱 그렇다.

그런 수고로움이 있었음에도 불만 없이
따뜻한 잠자리를 내어주고
음식과 시간을 내어준 사람들이
새삼 고마웠다.

그때의 기억이 있어 그런지
누군가 나의 공간에 머문다는 게 고맙고
왠지 나에게 기꺼이 공간을 내어준

누군가에게 보답하는 기분까지 들었다.

작은 공간이지만
점점 나눌 수 있는 것들이 생겨
나쁘지 않다.

돌아갈 곳이 있는 여행

작은 것들의 공격

일상을 방해하는 것 중에는
작은 것들이 많다.

티 나지 않을 정도로 작아서
처음에는 무시하지만
그것들이 주는 불편함은
가만히 조금씩 천천히 쌓여
결국에는 도저히 무시하고는
못 견딜 정도로 커진다.

이제 횟수로 3년이 된 시골생활은
미세먼지 없는 파란 하늘과
눈앞에 보이는 푸른 산과 들,
그리고 싱싱하고 먹음직스러운 채소들처럼
도시에서 쉽게 느낄 수 없던 것들에게서 오는
만족감으로 충만했다.

하지만 3년쯤 지나 그런 것들이 더는
새롭지 않은 것들이 되고 나니
아이러니하게도 나를 지치게 하던
도시의 어떤 것들이
그리워지는 순간이 생겼다.

SNS를 보다가 혹은
서울에서만 하는 보고 싶은 전시가 생기거나
늦은 밤 친구들과 자유롭게 만났던 시간을 회상하다 보면
문득 이런 생각들은 아주 조금씩 천천히
마음에 들어왔다 나간다.

그러다 어느 날은
멍하니 도시의 복잡함을 그리워하는
나를 보며 화들짝 놀라곤 한다.

비단 시골생활뿐만이 아니다.
작은 피곤함이 차곡차곡 쌓여 생겨난 입안의 혓바늘
작은 쓰레기들이 모여 만들어진 쓰레기 산
얄미운 행동을 했던 누군가가
진짜 꼴도 보기 싫을 만큼 미워지는 순간
계속 조금씩 신경 쓰였던 누군가를
진짜 좋아하게 되는 마음 같은 것들 말이다.

작은 것들의 공격은 작지만 힘이 세다.
가만히 놔두면 어느새 커져
일상을 제대로 볼 수 없게 만들지도 모른다.

진심의 모양

사람마다 마음을 표현하는 방법도 가지각색이고
그 안에 들어있는 진심의 모양도 다르다.

누가 알아주지 않아도
정성을 다해 일하는 사람이 있는가 하면
그런 사람의 마음을 이용해
자신의 이익만을 챙기려는 사람도 있다.

작지만 받는 사람의 필요를 생각해 준비한 선물과
그것과는 상관없이 생색내기에만 신경 쓴 것은 분명 다르다.
신기하게도 그런 마음은 금세 알아차리고야 만다.

메일에 적힌 문장과 단어 하나에
전화기 너머의 목소리에
동그랗고 뾰족하고 가느다란 진심이 묻어나
눈앞에 보이는 것처럼
선명하게 보이는 사람들을 종종 만나게 된다.

진심의 모양을 알아차리게 되면
나 역시 그것과 비슷한 모양의
마음일 수밖에 없다.

그래서 나의 마음도 때때로
동그랗거나 뾰족하거나 가늘어진다.

낮달

하늘 색이 예쁜 날에는
저절로 눈이 간다.
때때로 낮에도 떠오른 달을 볼 수 있는데
평소 해에 가려져 보이지 않던 달이
해가 구름에 가려지거나
날이 어두울 때 나타나곤 한다.

파란 하늘에 하얗게 떠 있는 낮달은
눈이 부셔 쳐다보기도 힘든 해와는 달리
보기에도 편안하다.

그런 사람들이 있다.
해처럼 눈부시지는 않지만
항상 그 자리에서 묵묵히
자신의 할 일을 하는 사람들 말이다.

자신의 것을 내세우려 하지도 않고

굳이 반짝이려 하지도 않는다.

그저 그 자리를 지키다 밤이 되면
어둠을 밝히는 달처럼 은은한 빛으로
마음을 밝히는 그런 사람을 보는 건 편하다.

어둠 속에 있다가 수줍은 듯 떠오른 낮달처럼
묵묵히 자신의 자리를 지키는 사람들을
오래도록 만나고 싶다.

나만 그런 게 아니어서 다행이야

누군가는 그림도 그리고
글도 쓰니 좋겠다 한다.
재주는 없는데 하고 싶은 건 많아서
몸이 고생하는 줄도 모르고 하는 소리다.

글을 쓴다는 건 매번 어렵다.
그래서 고등학교 시험지를 받아 든
초등학생 같은 모습으로
책상에 멀뚱히 앉아 있을 때가 많다.

그런 시간이 길어지면
글을 쓰지 못하는 핑곗거리를 찾는데
대부분 나를 둘러싼 환경 탓과 함께
그것을 해결할 방안들이다.

혼자 산에라도 들어가야 하나 하는 생각부터
어디 조용한 곳에서 한 달 살이라도 하면서

콕 박혀 지내야 하나 하는 생각 같은 것들 말이다.

책을 읽다 보면 간혹 작가들의
글쓰기 과정에 대한 이야기를 볼 수 있는데
시를 쓰기 위해 남해의 어느 모텔에서
한 달을 기거했다는 시인이나
제주도에 살지만 글을 쓰기 위해
서울 지인의 집에 한 달을 머물렀다는
어느 작가의 이야기 같은 것이 그렇다.
물론 당연히 여러 이유에서
나와는 다르겠지만 왠지 비슷한 것도 같아
괜히 위로가 된다.

그렇게 글을 잘 쓰는 사람들도
글이 안 써져 다른 곳에 가서도 쓰고 그러네?!
'나만 그런 게 아니었어!' 하는 생각과 함께
나도 떠나야 잘 써질 것 같다는

확신이 들 때 즈음
떠날 필요가 없는 이유들이 생각나
슬그머니 다시 고등학교 시험지를 앞에 둔
초등학생 모드로 돌아간다.

나만 그런 게 아니라고 느끼는 순간 안심하게 된다.
분명 다르지만 비슷하다 여기는
말도 안 되는 일방적 동질감에 숨을 내쉰다.

본질적인 문제를 해결해주지는 못하지만
그런 작은 안심은 나의 마음을
불안함에서 잠시 구원해준다.
그리고 이런저런 과정을 거쳐
책을 낸 작가들을 보면서
'나도 언젠가는 완성하겠지!' 하고
제멋대로 용기를 내본다.

관계 총량의 법칙

내 주변을 둘러싼 관계의 양은
매 순간 특별히 많아지지도 적어지지도 않고
일정 수준에 머물러 있지 않나 싶다.

내가 생각하는 양은 숫자와 더불어
관계의 깊이까지도 포함한 것인데
주변에 사람이 많다고 해서
그들과 모두 마음을 나누는 사이가 되는 것은
아니니까 말이다.

친하다 싶은 사람들이 많았지만
이상하게 외로웠던 시기가 있었던 반면
지금은 자주 연락하고 만나는 사람들은 적지만
전혀 외롭다는 생각이 들지 않는다.
오히려 관계의 밀도가 생겨 견고해진 느낌이랄까.

이것은 내가 사람들에게 줄 수 있는

에너지의 양이 정해져 있기 때문일 것이다.

친구가 많은 게 자랑이던 시절에는
그 친구들과 모두 사이좋게 관계를 맺으려
에너지를 쪼개 썼을 것이고
지금은 상대적으로 그렇게 많은 사람들에게
에너지를 나누지 않아도 되니
오히려 깊은 관계를 맺을 수 있는 것이다.

시간이 흐르며 자연스럽게
새로운 관계를 맺기도 하고
친밀했던 관계가 끊어지기도 한다.

생각해보면 내 마음의 크기는
순간순간 만남과 헤어짐을 반복하며
나에게 맞는 적당한 마음의 크기와
깊이가 되어 가고 있었다.

깨질 것 같은 관계를 붙잡기 위해
애썼던 기억이 있다.

결국 관계는 한 사람의 노력만으로
되는 것이 아님을 깨달았지만
그렇게 되기까지는 어마어마한
감정의 에너지가 필요했다.

이제 더는 실낱같은 관계를 이어나가기 위해
노력하지 않는다.

그냥 그것이 물 흐르듯
자연스러운 일이라 생각할 뿐이다.

마음의 골든타임

감정을 표현하는 게 서툴다.
표현이야 하지만 제대로 전달하는 과정을 몰라
내가 전하고자 하는 감정을
온전히 전달하지 못하는 경우가 종종 있다.
화내려고 했던 게 아닌데
결과적으로는 엄청 화가 난 것처럼 보였다거나
사랑하는 마음이 한가득인데
관심 없는 것처럼 행동하거나 하는 것처럼 말이다.

마음을 표현하는 일에도
적절한 타이밍이 존재한다.
아무리 좋은 마음이라도
골든타임을 놓치면 효력이 없어져
상대방은 모른 채 오해로 쌓인 서운함만 낳게 된다.

이건 사과를 하거나 누군가로 인해
화가 나는 상황일 때도 마찬가지다.

서툴다는 생각에 머뭇거리다 보면
해결할 수 있는 타이밍도 놓치게 된다.

반대로 화가 난다고
급하게 내질러버리는 순간
모든 것을 망쳐버리고 후회하기 쉽다.

살다 보니 나쁜 감정을 표현해야 하는 일보다는
좋은 감정을 표현해야 하는 일이 더 많아진다.

때로는 의무감에 전하기도 하지만
축하하고, 반가워하고, 고마워하는 말을
자주 하다 보면 정말 그런 일들이
가득한 삶이 된다.

그러니 좋은 감정은 누구보다 자주 또 빠르게
나쁜 감정은 되도록 천천히 전하면 좋겠다.

취미로운 생활

시골은 생각보다 취미를 가진 사람들이 많다.
목공 정도는 기본이고
텃밭 가꾸기야 뭐 그냥 일상이다.
살다 보니 필요한 일들이 취미가 되고
그래서 뭔가를 계속 만드는 사람들이
생각보다 많다.

함께 살고 있는 남자도
이런저런 취미가 많은데
요리도 취미, 목공도 취미, 제본도 취미,
커피 볶는 일도 취미, 농사도 취미처럼 한다.

곁에서 보는 나는 어느 것 하나에도
몰입하지 못하는 것 같아 때로는 답답하다.
무슨 일을 하든 어떤 경지에 도달해
그것으로 먹고살 수 있을 만한 일로
만들어야 하는 것이 응당 당연하지 않나는

생각 때문이다.

하지만 그것은 오랜 시간 도시의 경쟁에 길들여진
나의 생각일 뿐이다.
사실 '무엇을 위해서?'라는 질문을 받으면
할 말이 없다.

간혹 쉴 때 뭐하냐는 질문을 받는데
어릴 때부터 그림을 그려서 그런지
특별히 또 다른 취미를 가질 필요를 느끼지 못했다.
어쩌면 일과 생활의 분리가
제대로 이루어지지 않은 탓인지도 모르겠다.

취미라는 것도 무언가를 해야 하는
또 다른 일이라 생각했기 때문인지
처음엔 취미로 시작했던 일들도 결국
나의 일과 결합시켜

새로운 일로 만들 생각에 몰두하고 만다.

그러다 보니 어느새 취미에서 일로
무수한 가지들이 생겨 이도 저도 하지 못하는 상태가 되어
오히려 아무것도 저지르지 말자는 주의가 되어버렸다.

가끔 어떻게 사는 것이 행복한 걸까
스스로에게 질문을 던진다.
목표를 향해 꾸준히 달려가
쟁취하는 삶이 행복하다 여겼지만
고단한 과정과 만족스럽지 못한 결과에 좌절할 때면
무엇을 위해 살아가고 있는지 모르겠다.

생각해보면 그림 그리는 직업도
좋아하는 일을 하려고 선택한 것인데
어느새 그 마음은 잊은 채
과정보다는 결과만 보고 있다.

취미의 사전적인 의미 중 하나는
'전문적으로 하는 것이 아니라 즐기기 위해 하는 일'이다.

기본적으로 즐기기 위해서는
자신이 무엇을 좋아하는지 알아야 하는데
지금까지 그런 것을 찾아볼 생각도 하지 않았던
나에게는 쉽지 않은 일이다.

어쩌면 그냥 일하는 것보다 취미를 찾는 일이
더 어려운 것인지도 모르겠다.

파도가 지나간 뒤

때론 관계를 이어가기 위해
솔직한 마음을 감출 때가 있다.
이해되지 않지만 이해한 척하기도 하고
맞지 않은 것 같지만 맞장구치는 일도
서슴없이 한다.

그럴 때마다 점점 낯짝이 두꺼워지는 기분이지만
그럼에도 솔직함을 그대로 드러냈을 때 밀려오는
싸함을 견디는 일보다는 편하다 생각했다.

하지만 진심을 감추는 습관이 반복될수록
봐야 할 것들을 외면하는 시간이 길어졌다.

어느 날 표현하지 않고 쌓아두었던 것들에
숨이 턱 막혀버릴 것 같다 느껴질 때
묻어둔다고 없어지는 것이 아니라는 것을 알게 됐다.

불합리하고 부조리하고
나에게 맞지 않는 어떤 일들이
한꺼번에 밀물처럼 밀려와
어찌할 바를 몰랐기 때문이다.
그럼에도 그동안 솔직함을 버리고
편함을 택한 건 나였으므로
원망할 대상도 없고 때늦은 후회도 소용없다.

솔직한 마음을 드러냈을 때
내 옆에 없을 사람이라면
애초에 내 사람이 아닌 건데
그걸 알기까지 꽤 오랜 시간이 걸렸다.

그런 일들은
몇 번의 파도가 휩쓸고 지나간 뒤에야
선명하게 보인다.

초록한 마음

선명한 색은 가끔 마음을 벅차게 만든다.
특히 살아있는 것들이 만들어내는
선명한 색에 감동할 때가 있는데
그런 의미에서 초록한 것들이
가득한 곳에 산다는 건
정말 운이 좋은 일이 아닐 수 없다.

초록에도 순서가 있다.
돋아난 지 얼마 되지 않았을 때는
아주 싱그러운 연둣빛이었다가
점점 색이 짙어지며 진한 초록색이 된다.
한껏 깊은 초록을 뽐내다가
찬바람이 불기 시작하면 노랗게 혹은
빨갛게 변하면서 결국에는 떨어지고 만다.

그 과정에서 순서가 바뀌는 일이 생겨
연둣빛이 갑자기 노랗게 변한다거나 하면

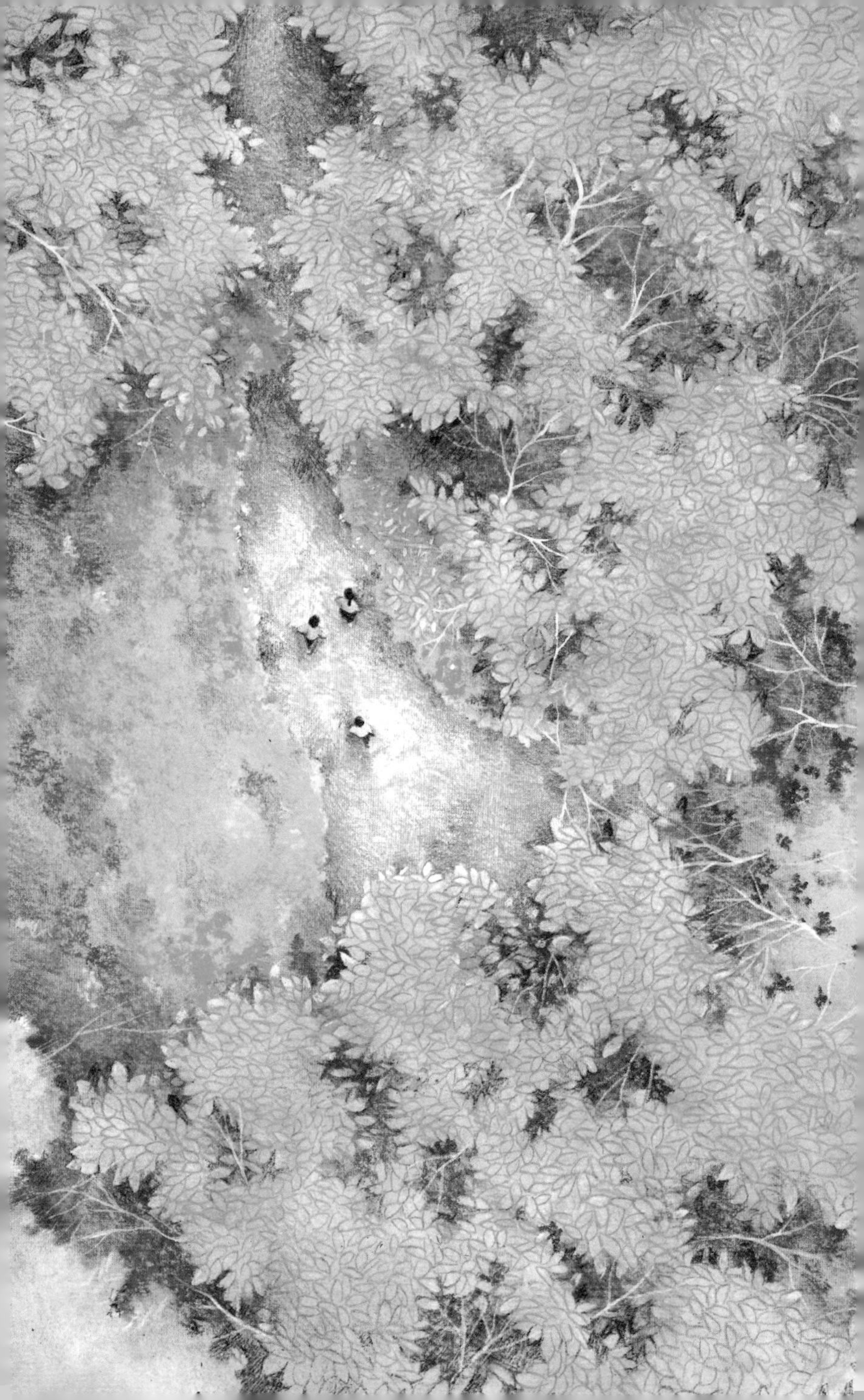

병이 난 것은 아닌지 의심해봐야 한다.

모든 일에는 순서와 과정이 있다.

급한 마음에 서두르거나
거쳐야 할 과정을 생략하면 그것은 결국
좋지 않은 결과를 초래한다.

자연이 만들어내는 초록함에
마음이 벅차오르는 이유는
그 안에 차곡차곡 쌓아 올린
과정의 애씀 때문인지도 모르겠다.

돌아갈 곳이 있는 여행

'고향' 하면 떠오르는 것은
언제나 변함없이 그 자리를
지키고 있는 곳이라는 것이다.

시간이 지나도 항상 그 자리에 있어
언제든 돌아갈 수 있는 곳,
그래서인지 고향을 생각하면
정겹고 그리운 마음이 든다.

물론 서울에서 나고 자란
나의 고향은 조금 다르다.

너무 빠르게 변해버려
기억 속 옛 모습을 찾기 힘든 데다
천정부지로 오르는 집값 탓에
다시 돌아갈 수나 있을지 모르겠다.

시골에서 살게 되니
고향을 가진 사람들을 많이 보게 되는데
모두가 다 고향이 좋은 것은 아닌지라
그들 중에서도 떠나고 싶은 사람과
머물고 싶어 하는 사람들이 있다.

떠나고 싶은 사람들은 자신이 원하는 것이
이곳에 없기 때문일 것이고
머물고 싶다는 사람들은 남아서 지키고 싶은
마음 때문일 것이다.

각자의 인생을 여행하는 방법은 다르겠지만
어떤 것을 찾아간다는 점에서는
닮았다는 생각이 든다.

그리고 그 여행길에서 잠시 멈춰선 순간
언제든 돌아갈 곳이 있다는 것은 부러운 일이다.

지치고 힘든 순간
잠시 쉬어갈 곳이 있다는 사실만으로도
큰 힘이 될 때가 있으니 말이다.

돌아갈 곳이 있는 사람은
떠남의 순간도 안정적일 수 있다.

어느 날 갑자기,
그러니까 지금

어느 날 갑자기,
자고 일어나니 허리가 아팠다.
아침에 눈 뜨니 주식이 올랐다거나
로또에 당첨됐다거나
그런 거였으면 좋았으련만
그냥 허리가 아팠다.

무리한 일을 한 것도 아니고
책상 앞에 앉아 키보드를 두드리거나
그림을 그리거나 책을 보는 일이 전부였다.

게다가 평소 잘 아프지도 않은
꽤나 건강한 신체를 가지고 있다
자부하며 살고 있었기에 익숙하지 않은
허리 통증이 당황스러웠다.

물리치료도 받아보고 침도 맞아보지만

아픔은 쉬이 가시지 않고
앉는 것도 서는 것도 불편한 상태가 되었다.

그러다 보니 일상생활에서 쓰이는
허리의 쓰임새를 좀 더 자세히 알게 된 것이
그나마 얻은 것이라고나 할까.
새삼 허리로 인해 이렇게
삶의 질이 좌우되는구나 싶었다.

조금이라도 무게가 있는 것을 들라치면
허리에 찌릿한 통증이 오고
가만히 앉아 있어도
상체에 짓눌린 듯 뻐근하다.

기침이라도 할라치면
바람에 흔들리는 나뭇가지처럼
흔들리는 허리의 통증이 고스란히 전해져왔다.

이런저런 핑계로 운동하지 않은 시간들이 생각나
후회가 되지만 이미 아프기 시작했으니
더 큰 일이 일어나기 전에
이제라도 신경 쓰는 방법밖에는 없다.

허리뿐이 아니다.
미세먼지에 노랗게 변한 하늘을 마주한 순간,
길어진 코로나 시국으로 인해
답답한 마스크를 벗지 못하는 순간,
자유롭게 여행 다니던 날들이
그리워지는 순간의 불편함들과 마주할 때면
그동안 귀하게 여기지 못했던
예전의 그 순간들이 떠오른다.

이처럼 영원할 줄 알았던 것들이 변하고
자연스럽게 혹은 어쩌지 못하는 일들로
그것들을 잃어버리는 순간을 맞이할 때가 있다.

그 순간은 누구에게나 오지만
그 순간을 대비하는 사람은 많지 않다.

어쩌면 알고 있지만 덮어두고
애써 외면하고 있는지도 모른다.

좋아하는 것을 위해 나무젓가락을 들어요

세상 제일 무섭고 싫은 것들에 순서를 매기라면
벌레는 항상 상위에 링크되어 있다.

날아다니건 기어 다니건 뛰어다니건
모든 벌레는 가까이하고 싶지 않다.

시골에 살면서,
그것도 산 가까운 곳에 살기로 했으면
친해져야겠다 마음을 먹어 볼만도 한데
그게 쉽지가 않다.

특히 다리가 아주 많거나
아예 없는 녀석들은 쳐다보는 것조차 힘들다.

요즘 하루에 최소 한두 번은
새로 들여온 화분에 흙이 말랐는지
먼지가 들러붙지는 않았는지

화분의 필요를 살펴본다.

해와 바람이 잘 드는 곳으로 옮겨주기도 하며
커가는 것을 지켜보는 일은 꽤나 즐겁다.

며칠 전 침대맡에 놓아둔 스투키를 살펴보던 중에
흙 위로 아주 시커멓고 심지어 굵기까지 한
어떤 생명체가 꿈틀거리는 것을 목격했다.

세상 제일 무섭고 싫은 그것이 우리 집,
그것도 침대 머리맡에 나타나다니
도저히 참을 수가 없었다.

화분을 드는 것조차 힘들 만큼 싫었지만
침대 가까이 있는 게 더 참을 수 없어
굳게 마음을 먹고 문밖으로 꺼내 놨다.

하필 바람이 심하게 부는 추운 날이어서
나무젓가락으로라도 그 녀석만 꺼내 볼까도 싶었으나
그 과정을 상상하니 도저히 용기가 나지 않았다.

추운 날씨에 밖으로 매몰차게 쫓겨난
스투키에게는 미안하지만 어쩔 수 없었다.

다음 날 자초지종을 이야기하고
벌레를 꺼내 달라고 하는데
흙 속을 조심스럽게 뒤적여봐도
벌레는 이미 어디로 사라졌는지 보이지 않는다.
(사실 그게 더 무섭다!)

스투키는 물을 자주 주는 식물이 아니라
며칠 전 오랜만에 물을 흠뻑 줬더니
마침 흙 속에 있던 벌레가
숨쉬기 힘들어 잠시 나왔을 거란다.

어차피 나온다고 해서
뭘 어떻게 하는 것도 아니고 시골에 살면서
이 정도에 이러면 어쩌냐고 한다.
나도 알지만 벌레에게 마음을 내어주는 일은
쉽지가 않다.

그 일이 있은 뒤 한동안 스투키를 비롯해
다른 식물들조차 쳐다볼 용기가 나지 않았다.

좋아하는 것을 위해서는 참아야 하는 것이 있다.
좋아하는 식물을 위해
나무젓가락으로 벌레 한 마리쯤 꾹 참고 잡을 수 있는
용기를 내야 하는 것처럼 말이다.

진짜로 사랑한다는 건 그런 게 아닐까 싶다.

싫어하는 부분이 있어도 참고 기다릴 수 있는 마음

설령 마음에 들지 않더라도
내 뜻대로 바꾸려 하기보다
그런 부분도 있다는 것을 알아주고
인정하는 마음 말이다.

그런 면에서 내가 식물애호가가 되기에는
조금 더 시간이 필요할 것 같다.

삶에 정성을 담는 일

아주 작은 씨앗이나
손가락 마디 정도 크기의 모종이 자라나
열매를 맺는 과정을 보는 동안은
저절로 '힘을 내!' 하고 응원하는 마음이 생긴다.

마트에 진열되어 있는 것들보다
울퉁불퉁 예쁘지는 않지만
열심히 자라준 그것들을 먹을 때면
그 애씀이 고마워 모든 감각을 동원해
정성을 다해 먹을 수밖에 없다.

시들거나 상하지 않아서 볼 수 있는 선명한 색과 향기
씹을 때의 아삭한 식감과 소리
무르지 않은 단단함과 부드러운 질감
그런 것들을 느낄 수 있다.

물론 계절과는 관계없이

나고 자라는 것들이 많은 요즘
제철이 아닌 것들도 먹을 수 있지만
그것과는 또 다른 생기를 가득 담은 맛이 있다.

제철의 맛을 보고 나면
내 삶도 윤기가 흐르는 것 같다.

끼니 때우기로 대충 편의점 도시락이나
간편한 것 위주로 해왔던 때의
푸석함과는 사뭇 다르다.

내 삶에 정성을 다하는 일이 별건가 싶다.
습관처럼 생각 없이 해오던 일들도
조금만 주의를 기울이면 달라 보인다.

어딜 가든
삶은 따라온다

처음 시골에서 사는 것을 생각했을 때
낭만적인 풍경을 먼저 떠올렸던 것을 보면
내게도 시골생활에 대한 로망 같은 것이 꽤나 있었던 것 같다.

아름다운 자연 속에서
아침 저녁으로 새소리를 들으며 잠에서 깨고
산과 텃밭에는 지천으로 먹거리들이 가득해
그것만으로도 푸짐한 한 상이 차려지고
또 자전거나 스쿠터로 바람을 가르며
농촌 길을 달리는 일상의 모습은
상상만으로도 흐뭇했다.

식당에서 음식을 시키면
꼭 다른 손님이 시킨 음식이
더 맛있어 보이는 것처럼
내가 경험해보지 못한 것들은
때론 환상을 품게 한다.

하지만 막상 상상에서 벗어나
현실로 마주하게 되면 알게 된다.
내가 시킨 음식과 남이 시킨 음식이
그다지 다르지 않다는 것을 말이다.

종종 아침에 새가 창문을 두드리는 소리에
잠에서 깰 때가 있다.

한두 번은 신기하지만 매일 반복되면
그 소리는 더 이상 아름답지 않다.
심지어 창문에 비친 하늘과 산의 모습 때문에
창문이라 인식하지 못한 새가 부딪쳐 죽는 것을 볼 때도 있어
그건 낭만이 아니라 위험한 사고의 전조일 뿐이다.

산과 텃밭에 지천으로 먹거리가 가득하지만
그것을 얻기 위해서는
하루가 다르게 자라나는 잡초를 뽑아야 하고

누구의 산인지도 모르는 산에서 채집하는 일도 불법이다.

자전거나 스쿠터로 달리기에는
도시만큼 도로가 잘 되어 있지 않아
무척이나 위험하다.

심지어 대부분의 도로가 국도인지라
자동차들이 엄청난 속도로 달린다.

그리고 가장 중요한 건
그런 낭만을 생각하기에는
시골생활이 무척 바쁘다는 것이다.

느리게 살 것 같고 여유가 넘칠 것 같지만
일정 부분 편리함은 내려놓아야 하는
삶의 방식으로 인해 일상이 꽤 분주하다.

살아보기 전에는 생각한 적 없었지만
새로운 곳에 왔으니
그곳의 생활에 맞춰야 할 일들이 생겨났다.
환경에 나의 삶을 적응시켜 살아가는 방법밖에 없다.

사는 건 생각처럼 되지 않는 일투성이지만
그래서 또 재미있기도 하다.

꽃같이 평범하게

주변에 높고 낮은 산들이 많으니
마음만 먹으면 언제든 쉽게 오를 수 있다.
혼자는 무서워 이곳의 지리를 잘 아는 이웃과
함께 갈 때가 많은데
사람들이 많이 다니지 않고
오르기 쉬운 산들을 골라 다닐 수 있어 좋다.

그런 곳은 사람의 손길이 닿지 않아서인지
야생동물의 흔적이나 산나물, 야생화들을 쉽게 볼 수 있다.

폭신하게 낙엽이 쌓인 산길을 걷다 보면
중간중간 고라니가 자고 간 흔적도 볼 수 있고
때로는 소복이 쌓인 눈을 헤치고 피어나는 꽃을 만나기도 한다.

문득 아무도 오지 않는 깊은 산 속에
혼자 피어있는 꽃이 안타깝다는 생각이 들었다.
추운 겨울을 견뎌 피워낸 그 애씀이 괜히 안쓰러워

이렇게 혼자 피고 질 거면 뭐하러 그렇게까지
애를 쓰나 싶기도 했다.

하지만 평범한 삶이란 원래 그런 것 아닌가.
누군가에게는 지루하고 헛되어 보여도
제 몫의 하루를 열심히 살아가는 게
보통의 평범한 삶이다.

누군가 보지 않아도 피어나는 산속의 꽃처럼
보이지 않아도 열심히 나의 오늘을
꽃 피울 수 있으면 좋겠다.

우리는 모두 서로 다른 인생의 문제를 풀고 있다

"다들 그렇게 살아."
"그런 일은 누구에게나 일어날 수 있어."
"왜 너만 유난스럽게 구니?"

이런 말들은 때론 내가 겪은 일을
한순간에 아무것도 아닌 일들로 만들어버린다.
그 순간 나의 감정은 유난한 것이 되어
스스로 솟아오르는 감정을 덮어버리거나
부정해버릴 수밖에 없다.

하지만 누구의 인생이든 그런 일 정도는
당연히 일어날 수 있다는 말로
왜 너만 유난스럽냐는 말로
쉽게 단정 지을 수 없는 일들이 있다.

모두가 비슷하게 살지만
그렇다고 모두가 똑같지는 않다.

각자가 겪는 상황과 느끼는 아픔 정도는 다르다.

사는 게 다 그런 거라는 무책임한 말에
마음을 외면하는 순간이 반복되면
결국 자신을 온전히 바라보고
사랑하기가 힘들어진다.

당연하게 그렇게 사는 삶은 없기에
내 삶의 어떠한 순간도
그냥 그렇게 사는 것으로
치부해버리지 않아야겠다는 생각을 한다.

우리는 각자의 인생에서
서로 다른 문제를 풀고 있다.
똑같지 않아 틀렸다고 말하는 이에게
다른 게 당연한 거라고 말하고 싶다.

온 앤 오프

의외로 계획적이고 규칙적인 걸 좋아한다.
일정한 시간에 일어나
먹고 일하고 잠드는 하루의 일과가
정해둔 계획대로 막힘없이 흘러갔을 때
알찬 하루를 보낸 것 같아 뿌듯하다.
그래서 갑작스레 계획하지 않은 일이 생기면
나의 하루를 방해받은 것 같아
때로 마음이 불편해진다.

반대로 여행은 될 수 있는 한
무계획이고 즉흥적이다.
처음 가는 곳에 대한 최소한의 기본 정보 외에는
아무 계획도 세우지 않는다.

숙소나 관광안내소에서 지도를 받아들고
발길 닿는 대로 무작정 걷는다.
걷다 지치면 적당한 카페에 들어가 쉬고

시장이나 마트에 가서
현지 사람들과 그곳의 식재료를 구경하고
먹을 것을 사기도 한다.

적당히 노을이 지기 시작하면
그곳에서만 파는 맥주를 사들고 숙소에 들어가
걷느라 지친 하루를 마무리하는 식이다.

특별히 계획하지 않았지만
그래서 만나는 사람들과 보게 되는 풍경들이 있다.
그런 것은 뜻밖의 즐거움을 주고
또 특별한 추억으로 남는다.

생각해보면 여행지에서의 나는 그렇게나 말랑한데
일상에서의 나는 굉장히 딱딱하고 날이 서 있는 것 같다.
그래서 일상이 피곤해질 때면
여행을 떠나고 싶다는 생각부터 하는지도 모르겠다.

말랑했던 여행지의 하루라고 해서
헛되게 보낸 하루라고는 생각하지 않는다.
그럼에도 일상에서는 또 여행지처럼 힘을 빼기가 쉽지 않다.
일상의 순간들을 완벽하게 잘하고 싶은 마음에
잔뜩 힘이 들어가 있기 때문이겠지만 말이다.

때로는 힘을 뺀 말랑한 시간도 필요하다.

하루의 시간 중 힘을 줄 때와 뺄 때의
밸런스를 맞추지 않으면 결국엔
조금씩 지쳐 행복한 매일을 만들기가 어렵다.
쉽게 지치지 않으려면 속도조절이 필요하다.

어차피 무엇을 위해서든 평생 열심히 살아가야 하는데
기왕이면 지치지 않고 신나게 달려갔으면 좋겠다.

감정도 습관처럼 몸에 배어드는 것이어서
슬픈 감정에 익숙해지면
언제나 슬픔에 익숙한 사람이 되고
우울한 감정에 익숙해지면
딱히 우울할 일이 없어도
우울한 사람이 된다.

그렇게 익숙해진 감정 뒤에 숨어
그것에 걸맞은 위로를 받고 괜찮아진 듯 안심한다.
하지만 잠깐의 안심으로 무언가 달라지는 것은 없다.
이후에 오는 공허함이 더 크게 느껴질 뿐이다.
그리고 다시 반복이다.

감정은 저절로 일어나기도 하지만
스스로 선택할 수도 있다.

무수히 많은 감정이 지나가는

오늘이라는 정거장에서
어떤 감정을 타고 나아갈지를 정하는 건
나밖에 할 수 없는 일이다.

어떤 감정을 선택하느냐에 따라
어쩌면 나의 내일이 달라질 수도 있다.

덕분에
오늘도 잘 먹었습니다

세상에서 제일 맛있는 밥은 남이 해주는 밥이라던
그냥 가벼운 우스갯소리로 넘겼던 말을
결혼한 후부터는 매우 깊이 공감하고 있다.

밥을 먹으면서 다음 끼니는 어떤 것으로 해야 하나
고민하는 지경에 이르렀으니 공감하지 않을 수가 없다.

외식하기 쉽지 않은 요즘,
편히 갈만한 음식점이 많지 않은 데다
배달 어플을 사용할 수도 없는 곳이라
끼니를 해결하기 위해서는
직접 나서는 수밖에 방법이 없다.

그렇다고 그 과정이
썩 내키지 않는 것은 아니라
그나마 다행이랄까.

나름 음식을 만드는 시간이 꽤 즐겁다.
인터넷으로 레시피를 검색하고
혼자라면 귀찮아서 하지 않았을 과정에도
시간을 들인다.

걸린 시간과 노력에 비해
먹는 시간은 짧지만 그래도 맛있게 먹었다는
이야기를 들으면 기분이 좋아서
다음엔 또 뭘 만들까 생각하게 된다.

말 한마디에 천냥 빚을 갚는다는 말을
실감하게 되는 순간인데
고작 한두 가지 정도 만드는 게 다인데도
매일 먹을 끼니를 챙긴다는 건
사실 가끔 재밌고 대개는 쉽지 않은 일이다.

하지만 칭찬을 갈구하는
나의 어떤 눈빛이나 몸짓 없이도
진심으로 "맛있다!", "잘 먹었어!"라는 말을 들으면
그걸로 모든 게 괜찮아진다.

고단함이 뿌듯함으로 변하고
귀찮음이 의욕으로 바뀌어
다음엔 또 뭘 만들까 고민하게 된다.

아무것도 아닌 말 한마디가
많은 문제를 해결해줄 때가 있다.

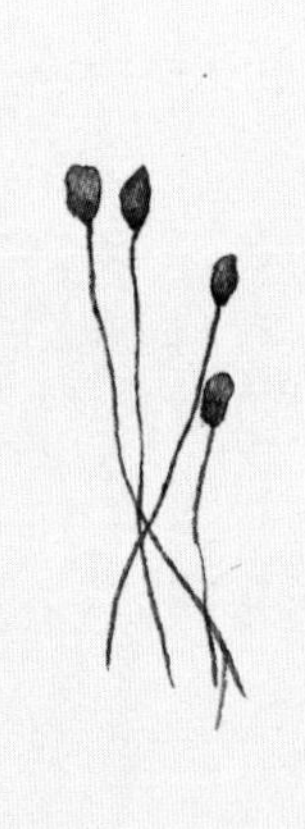

변하지 않는 것들의 위로

나에게 시간을 내어주는 일

"저는 그림에 재능이 없어요."

새로운 사람을 만나거나 수업을 할 때
종종 듣게 되는 이야기다.
"이런 재능이 있어서 참 좋겠어요"라는 말은 덤이다.

그림 그리는 직업을 가진 사람을 만났으니
듣기 좋으라고 하는 소리겠지만
그럴 때마다 20년 넘게 그림을 그려온 시간이
재능이라는 한마디로 포장되는 게 되려 불편했다.

나는 좋아하는 마음
그 자체가 재능이라고 생각한다.
단순히 잘하고 못하고의 문제가 아니라
좋아하는 마음을 지킬 수 있는 힘 같은 것 말이다.

천재가 아닌 이상 태어날 때부터

잘하는 사람이 어디 있겠는가.

그만큼의 시간과 노력, 마음씀이 필요한데
그것 또한 쉽지 않은 일이다.
꾸준히 시간과 마음을 들이면
어떤 식으로든 잘하게 된다.

못하면 좀 어떤가.
좋아하는 마음이 있다면
과정은 충분히 즐거울 것이므로
그것 또한 나쁘지 않다.

그렇게 되기까지 시간을 들여
포기하지 않고 나를 기다려줄 수 있는 마음.
나는 그게 재능이 아닐까 싶다.

산책하다 만난 마음의 높이

마을을 산책하다 보면 종종
집 짓는 모습을 보게 되는데
그렇게 지어지는 집 중에 담이 있는 집과
담이 없는 집이 있어 물어본 적이 있다.

재미있게도 담이 있는 집은
타지에서 온 사람인 경우가 많고
담이 없는 집은 계속 이곳에서
살았던 사람이 대부분이라고 한다.

그 이야기를 듣고 보니 높게 둘러싼 담이
왠지 경계심의 높이 같다는 생각이 들었다.
타지에서 온 사람들의 마음속 경계심만큼
담의 높이도 높아지는 게 아닐까 싶었다.

가끔 속을 모르겠다 싶거나 친하다 생각하다가도
알 수 없는 벽이 느껴져 더는 다가갈 수 없는 사람들이 있다.

그러면 혼자 친하다고 생각했었나 싶어 서운해지기도 하고
순간 경계하는 마음이 생겨 움츠러든다.

그때부터는 더 이상 속 깊은 이야기를
할 수 없는 사이가 되어 더는 편하지 않다.
마음을 보이지 않는데
자신의 마음을 보여줄 사람이 얼마나 있을까.

어릴 적 높이 솟은 담이나
굳게 닫혀 있는 대문에 압도되어
괜히 잘못한 것도 없는데
초인종 누르는 것조차 어려웠던 기억이 있다.

너무 높은 담이 있는 집은 거절당할까 두려워
선뜻 초인종을 누르기가 망설여진다.
담이 높을수록 안전할 수는 있지만
이웃과 만날 기회 또한 적어질 수밖에 없다.

배움의 효과

만나면 항상 맛있는 걸 먹이고 좋은 곳에 데려가고
필요한 것을 말해주려 애쓰는 사람이 있다.
나는 챙기지도 못했는데
때마다 필요한 선물을 하고
먼 곳까지 나를 만나러 온다.

나에게만 그런 사람인 게 아니란 걸 알지만
그래도 너무 미안하고 고맙다.

어느 날 누군가에게
필요한 걸 아낌없이 내어주는 나를 보며
이제야 철이 좀 들었나 싶기도 하지만
생각해보니 그 사람에게 배운 것이었다.

그 사람에게 받은 걸 돌려주지는 못해도
덕분에 다른 사람에게
내가 가진 걸 내어줄 수 있는 오늘이 됐다.

마을 정원사,
마음 정원사

봄이 되자 길가 구석구석
꽃들이 활짝 피었다.
마을 입구부터 짧지 않은 거리에
누군가 일부러 심은 듯
정돈된 꽃들이 아기자기하게 피어
길을 걸을 때마다 기분이 좋다.

불현듯 며칠 동안 이른 아침부터 낮까지
길가에 쪼그리고 앉아 무언가를 하시던
옆집 할아버지의 뒷모습이 떠올랐다.

신경 쓰지 않고
무심히 지나쳤던 뒷모습이었는데
아무도 모르게 이런 일을 하고 계셨다니.

수고하신다고 인사라도 건넬 걸 그랬다.
내년에는 씨앗을 받아서 나도 좀 키워봐야겠다.

나의 마음도 누군가 심어둔 씨앗들로 가득하다.
씨앗들은 자라서 예쁜 꽃을 피워내기도 하지만
때로는 가시넝쿨이 되어 마음을 콕콕 찌르기도 한다.

씨앗이 마음에 날아 들어오는 건
어떻게 할 수 없는 일이지만
마음 밭을 예쁘게 가꾸는 건
오롯이 내 몫이다.

누가 알아주지 않아도
자주 보고 물을 주고 잡초를 뽑아줘야 한다.

그런 마음을 누군가 보고
내 마음에서 날아가는
씨앗을 심을 수도 있으니 말이다.

애매한 경계이기는 하지만 의외로 선명한

얼마 전 즐겨보던
오디션 프로그램 출연자의 소감 중에
마음에 남는 말이 있었다.

그는 자신을 애매한 경계에 있는 사람이라 소개했고,
그래서 더 많은 것을 대변할 수 있지 않을까 한다는 말이었다.

그동안 이도 저도 아닌 것 같은
삶의 모습 때문에 고민스러웠던 터라
그 말이 더 크게 마음에 남았다.

한동안 '나는 뭘 하는 사람일까?' 하는
정체성에 대해 고민할 때가 있었다.

그림을 그리면서 살고 있지만
그것만으로는 살기 힘드니
클라이언트에 따라

닥치는 대로 일을 해야 할 때가 그랬다.
또 하고 싶었고 다행히 좋은 기회가 생겨
글도 쓰게 되었지만
한계가 보여 힘에 부칠 때면
괜히 잘하지 못하는 걸 이렇게 하고 있나 싶고
'나는 뭘 하는 사람일까?' 하는
자조의 고민을 하기도 했다.

하나에 깊이 파고들지 못하는
다 할 수 있으나
이도 저도 안 되는 사람 같은 느낌이랄까.

'애매한 경계'라는 말을 전한 그의 생각과
내가 느낀 것이 다를 수 있겠지만
그 이야기를 들으면서
어찌 보면 나를 포함한 세상의 많은 사람들이
지금 이 순간 애매한 경계에 서 있지 않을까 생각했다.

뭐든 충분히 그럴듯한,
혹은 그렇게 완벽한 사람이 몇이나 되겠는가.

슬프지만 당연하게도
애매하지 않고 선명한 사람들이
눈에 많이 들어오고 주목을 받아
애매한 사람들이 더 움츠러드는 것을
모르고 있을 뿐이다.

알고 보면 세상의 많은 애매한 사람들이 모여
손을 잡고, 혹은 어깨동무를 하고
세상의 많은 것을 단단하게 만든다.

마음구석 1열

그림을 그리다 보면 잘 보이지 않는 곳까지
세밀하게 묘사해야 할 때가 있다.
완성된 그림 속에서는
쉬이 눈에 들어오지 않지만
그리지 않으면 미완성의 그림으로 남게 된다.

그건 다른 사람은 몰라도 나는 알고 있는 부분이다.
가끔 마감시간에 쫓기거나 이런저런 이유로 넘어가면
나만 알고 있는 그것 때문에 볼 때마다
완성하지 못한 듯 찝찝한 마음이 들고는 한다.
그리고 그제야 그 자리만 유독 눈에 들어온다.

다른 사람이 알아주지 않아도 나만 아는 일들이 있다.
눈에는 보이지 않지만 나만 아는 것들 말이다.
때로는 그런 일들이 나를 더 단단하게 만든다.

다정한 말은 누구나 할 수 있어요

누군가의 이야기를 듣는 일은
생각보다 힘든 일이다.
그게 좋은 이야기든 좋지 않은 이야기든
상대방의 감정을 오롯이
내 안에 담아내야 하는 일이기 때문이다.

계속 듣다 보면 불현듯 하고 싶은 말이 생각나
입이 간질간질할 때도 많다.
때로는 어떤 위로의 말을 해야 하나
머릿속으로 적절한 단어를 고르다가
이야기를 흘려 듣거나
결국 답을 찾지 못해 "힘내!"라는
결코 힘이 날 것 같지 않을 이야기만 하고 만다.

다정한 말은 누구나 할 수 있지만
기다리는 일은 아무나 할 수 없다.

변하지 않는 것들의 위로

"큰 결심 하셨네요."
시골생활을 하기로 결정한 후
제일 많이 들었던 말이다.

"네. 네. 뭐 그렇죠. 허허."
시골에서 살게 될 거라 생각해본 적 없어 그랬는지 몰라도
그다지 큰 고민이 필요하지 않았다.
그래서 그저 얼버무리며 멋쩍은 웃음만 지었다.

생각지 못하게 시골의 작은 마을로 이사한 순간처럼
삶도 예상치 못한 방향으로 변하는 순간이 있다.
한 번도 계획한 적 없던 일들이 벌어지기도 하고
계획했던 대로 되지 않을 때도 많다.

그렇게 인생의 계획이 변하듯
사람도 변하고 세상도 변한다.

어쩌면 변하는 것이 그렇지 않은 것보다
쉬운 일인지도 모르겠다.

하루는 길을 걷다
오래된 세탁소 앞을 지나게 되었다.
지나던 길에 자주 보던 세탁소였는데
그날따라 안에서 일하는 노부부의 모습이
눈에 들어왔다.

백발이 성성한 노부부가 다림질을 하고 있는데
그 모습이 빠르게 변해 가는 현실과는 다르게
오래된 영화 속 한 장면처럼 비현실적으로 느껴졌다.

곧 지붕이 내려앉는다고 해도
놀랍지 않을 정도로 낡게 변해버린 세탁소와
그 안에서 함께 나이 들어간 부부의 모습에는
그 속의 이야기까지는 속속들이 알 수 없지만,

켜켜이 쌓인 세월이 담겨있었다.

그리고 지금껏 지키느라 수고했을 애씀이 묻어났다.

오래도록 변하지 말아야 할 것들이 있다.

그것을 지키는 것은

어쩌면 변하는 것보다 어려운 일일 것이다.

모쪼록 많은 것들이 변하지 않았으면 좋겠다.

드라이
수선

부러워하지 않아도 되는 삶

시골에 내려와 사니 좋은 점이 뭐냐는 질문에
누군가와 비교하지 않아도 되니 좋다고
대답한 사람이 있었다.

친구의 번쩍거리는 새 차를, 넓은 평수의 집을
더 이상 부러워할 이유가 없다고 말이다.

그도 그럴 것이 흙길이 대부분인 시골길에
새 차는 오히려 흠집이라도 날까
전전긍긍해야 하는 애물단지일 뿐이고
넓은 들판과 산이 앞마당인 듯 펼쳐져 있으니
넓은 집 따위 무슨 의미가 있겠는가.
오히려 관리하느라 힘만 더 들 뿐이다.

단순히 차와 집의 문제는 아니겠지만
누군가와 비교하지 않고
부러워하지 않아도 된다는

그 말이 마음에 들었다.
문득 이제 그러지 않아도 되는구나 싶어
안심이 되기도 했다.

생각해보면 매 순간 비교했고
그래서 아팠다.

내가 이 세상에서
가장 작은 존재가 되어버린 듯하고
지금까지 무얼 하면서 살았나 싶은
자괴감이 몰려와 홀로 끙끙 앓았다.

물론 아직도 많은 순간
누군가와 비교하며 그들을 부러워한다.

그럼에도 이제는 남과 비교하며
마음을 낭비하기보다는

나의 것들을 바라보는 시간에
좀 더 마음을 쏟고 싶다.

들여다보면
그것만으로도 충분히 괜찮은 장면들이
나에게도 많이 있음을 알게 된다.

소소하고 작지만 따뜻한 순간

지금은 남편이 된 친구는
힘이 없어 보이는 꿀벌이 보이면
꿀물을 타 준다.

처음에는 이게 도대체가 무슨 짓인가 싶었다.
강아지나 고양이에게 밥을 주는 것도 아니고
꿀벌에게 꿀물을 타주다니
한 번도 생각해본 적 없는 일이라
당황스럽기까지 했다.

어이없어하는 나에게 말하길
기후변화나 여러 가지 이유로
꿀벌이 꿀을 제대로 채취하지 못하니
꿀벌이 사라질 위기에 처해 있다고.
그런데 꿀벌이 없어지면 이 세계도 없어진단다.

'오! 그런 거였어?'
이야기의 끝이 세상의 멸망이라니
SF 영화도 아니고….

하지만 그 말을 듣는 순간 그 사람이
지구의 위기를 구하는
히어로처럼 보이기 시작했다.

무언가를 바꾸는 일은
작은 순간을 통해 이루어진다.

꿀벌이 꿀을 못 먹어 죽을까
꿀물을 타주는 것처럼
작지만 따뜻한 어떤 순간에
변화는 일어난다.

함께 터널을 빠져나온 사이

눈이 아주 많이 오는 날이었다.
평창과 강릉을 오가려면 대관령을 넘어야 하는데
평소에도 바람이 많이 불어 운전하고 가다 보면
차가 휘청하는 느낌에 등줄기가 서늘해지곤 한다.

강릉으로 여행 온 친구와
하루의 시간을 보낸 후 집에 돌아갈 때쯤
눈발이 조금씩 날리기 시작했다.

강릉과 평창은 가깝지만
대관령을 사이에 두고 날씨 차이가 엄청 크다.
같은 날에도 눈이 발목까지 쌓이고
영하 10도 아래로 내려가는 평창과는 다르게
강릉은 눈도 오지 않고 파란 하늘에 심지어 따뜻하다.
그럴 때 두 도시를 오가면
마치 다른 세상을 통과하는 것 같은
기괴한 기분에 사로잡힌다.

그런 강릉에 있었으니
평창에 눈이 얼마나 내리는지 짐작할 수 없었다.

평창에 있던 이가 위험하다고
괜찮으면 하룻밤을 더 자고 오라고 했지만
다음 날 출근도 해야 하고
집에 두고 온 고양이도 걱정됐던 친구가
집에 간다고 하니 혼자 남기도 뭐했다.

무식하면 용감하다고 경험해본 적 없으니
설마 눈이 오면 얼마나 오겠어 하는 마음과
제설차들이 금방 치워주겠지 하는
믿음도 있었다.

그런 나를 비웃기라도 하듯 대관령에 들어서니
내리는 눈으로 앞이 보이지 않았다.
바람도 세차게 불어 차가 이리저리 흔들리기까지 했다.

맙소사!! 심지어 내 차는 경차라고!!
등줄기로 식은땀이 흐르고 머리칼이 쭈뼛거렸다.

비상등을 켜고
시속 20~30킬로미터의 속도로 갈 수밖에 없었는데
고속도로에서 그런 속도라니 혹여라도
뒷차가 나를 발견하지 못하거나
빨리 가라고 빵빵거리지나 않을까
연신 사이드미러를 흘끔거리며 눈치를 봐야 했다.

초조한 마음에 두 손으로 핸들을 부여잡고 가는데
비상등을 깜빡거리며 가고 있는 차들이 보이기 시작했다.
그 깜빡이는 비상등을 보자 어찌나 마음이 편안해지던지
마치 쏟아지는 적군의 화살을 함께 막으며 나아가는
용감한 동지들을 만난 것 같은 기분이었달까.

혼자가 아니라는 사실을 깨닫는 순간

불안했던 마음이 눈 녹듯 사라지고
나아갈 용기가 생겼다.

깜빡이는 비상등은 자신이 이곳에 있음을 알리고
위험할 수 있으니 조심하라며 다독이고 있는 듯했다.

그건 마치 나에게 잘할 수 있다고
혼자가 아니라고 응원하는 것처럼 보였다.

그렇게 터널을 함께 빠져나온 우리는
최선을 다해 서로에게 보내는 응원을 끝내고
언제 그랬냐는 듯 제 속도로
각자의 목적지를 향해 나아갔다.

마음속 불안은 누구나 가지고 있다.
심지어 언제까지고 사라지지 않을지도 모른다.

그렇기 때문에 조금씩 불안한 우리는
만나고 마음을 나누며 서로를 다독이고
당신만 그런 것이 아니라는
위로를 건네는 것이 필요하다.

일 중독자의 변명

하나의 일이 마무리되는 순간은 뿌듯하지만
한편으론 일상을 가득 채우던 일들이
한순간에 빠져나간 듯 공허해진다.

그래서 그런 허무함을 지우기 위해
계속 새로운 일을 만들어낸다.
좋게 말하면 동기부여지만
결국엔 쉬는 방법을 모르는 자의 변명일 뿐이다.

어느 날은 목표도 없이 끝나지 않는 허들을
습관적으로 넘고 있는 것 같은 기분이 들었다.

도저히 안 되겠다 싶어
새해가 되자마자 결심을 하나 했다.

일을 하지 않으리라.
불안함과 초조함에 힘들겠지만 버텨보리라.

나의 그림을 그리고 나의 글을 써서
그동안 미뤄뒀던 출판사와의 약속을 지키고
먹고사는 일이라고 생각했던 것들에 밀렸던
그림책 콘티들을 다시 꺼내 기필코 완성하리라.

나름 큰 결심을 한 듯하지만 적고 보니
이 또한 다른 일일 뿐이다.

정말 나란 사람은 어쩔 수 없나 보다.
그럼에도 그 일들이
내가 좋아하는 일들로 바뀌었다는 것에
작은 위안을 삼는다.

오랜 시간 특별하다 여겼던 친구들이 있었다.
특별하다 여겼던 만큼 특별한 마음들을 무겁게 나누었다.
누구에게도 말 못할 고민들에 대해 이야기했고
그렇게 우리만 아는 비밀들이 생겼다.

시간이 지나 누구는 결혼을 했고,
누구는 엄마가 됐고,
누구는 여전히 혼자로 남았다.

그렇게 서로 다른 시간들이 반복되자
함께 나누었던 무거움이 누군가에게는
사사로운 일이 되었고 누군가의 기쁨이
누군가에게는 서러움으로 다가오기도 했다.

그런 반복 때문이었을까
지금은 더 이상 서로의 마음을
지탱해주지 않는다.

무거운 마음의 어떤 것들을 나누었던 사람들과는
시간이 지나도 다시 만나기가 어렵다.
우연히 연락이 닿아도 어색한 침묵만 가득할 뿐이다.

오히려 스치듯, 가볍게 만났던
그런 마음을 나누었던 사이는
아주 오랜만에 만나도
또 스치듯, 가볍게 웃으며 만날 수 있다.

손안의 인생

지금은 남편이 된 친구의 손을 만지작거리며
새삼 내 손과는 다르게 생겼다는 생각을 했다.
조금 더 크고 조금 더 두텁다.
손가락 마디의 굵기가 다르고 손톱의 모양도
내 것과 다르게 납작하다.

요즘 여기저기 고장 난 집을 고치느라 상처투성이다.
손을 보자 그 손으로 한 것들이 떠올라 마음이 짠해졌다.
얼마 전 엄마의 손을 보면서도 그런 생각을 했다.
예전 할머니, 할아버지들과 수업을 하면서도
그분들의 손을 보며 알 수 없는 기분에 잠겼던 적이 있었다.

한 사람의 손은 그 사람에 대한 많은 이야기를 담고 있다.
감추려 해도 감춰지지 않는 삶의 고단함이
손에 배어 있음을 보게 된다.

사랑하는 사람들의 손을 더 많이 잡고 또 봐야겠다.

마음의 거리두기

너무 익숙해지다 보면
나도 모르게 불편함을 주기도 한다.
'아니까 이해해주겠지' 라는 오만한 마음이 앞서
거침없이 행동하고 말을 내뱉기도 한다.

이해받길 바란다면
타인의 마음을 먼저 이해해야 한다지만
너무 편하면 그런 생각도 들지 않는다.

여러 가지 씨앗을 받은 게 있어 텃밭에 심었다.
잘 자랄 수 있을지 어떨지 몰라 흩뿌려놓았는데
하루 이틀 지나 자그마한 싹들이 올라오기 시작했다.
그런데 씨앗끼리 일정한 거리를 두고 심지 않아서
한 무더기 가득 자라났다.

물어보니 어느 정도 자랐을 때
솎아 주지 않으면 서로의 그늘에 가려

잘 자라지 않고 시들어버린다고 한다.

사람이나 식물이나 마찬가지라는 생각이 든다.
너무 편하고 익숙해져 거리를 유지하지 못한 채
이해만을 바란다면 잘 자라지 못하는 식물들처럼
그 관계도 거기에서 멈춰버릴 수밖에 없다.

그럭저럭 나은 순간이어서 감사한 날들

새해의 이러저러한 다짐들을 시작으로
매 순간 결심하고 뒤돌아서면
언제 그랬냐는 듯
까먹기를 반복하면서 살아간다.

그 와중에 정말 지금 아니면
안 될 것 같은 아득한 불안감에
기어코 실행에 옮기고야 마는 일이 종종 있는데
그렇게 난 강원도로 왔다.

지금이 아니면 안 될 것 같았던 일들이었지만
시간이 지나 정신을 차리고 보면
불안감에 혹은 순간의 호기로
결심한 것들인 경우도 많다.

깨닫고 나면 밀려오는 자괴감과 후회로 괴로워도
사실 삶이 엄청난 성공으로만 이루어졌다기보다는

실패한 일들과 실패는 아니지만
그럭저럭 괜찮은 정도의 일들인 경우가 많아
후회라는 것이 큰 의미가 없다.

어찌 되었든 실패와 그럭저럭 괜찮은 순간들
그리고 가끔은 꽤나 어깨가 으쓱해질 만큼의 성공들
그런 순간을 반복하며 살아가는 것이 삶이 아닐까 싶다.

당장에는 아주 잘한 선택인 것 같아도
들여다보면 그것으로 인해 잃어버린 것들도 많다.

선택은 어쩔 수 없이 후회를 동반한다.
원하지 않았지만 딸려오는
부가서비스 같은 느낌이랄까.

분명 앞으로도 어떤 순간
바보 같은 선택으로 실패와 후회를 하고

그 와중에 그럭저럭 나은 순간을 발견하면

또 금세 까먹고는

“참 감사한 날들이다!”를 외치겠지.

당연하지만
당연하지 않은 것들

고요함에 대한 선입견

얼마 되지는 않았지만
조용한 곳에 살고 있다고
어느새 도시의 소란함은 낯선 풍경이 되었다.

원래부터도 시끄러운 것을 좋아하는 편은 아니었지만
지금 사는 곳과의 대비가 너무 커 그런지
당연하게 지나쳤던 소리가
마치 확성기를 갖다 댄 듯 크게 들려왔다.

익숙했던 풍경이 낯설어지니
생각나는 것은 의외로
그런 소란함 속에서 느꼈던 편안함이다.

붐비는 지하철에서 읽었던 책 한 구절
시끄러운 카페 한구석에서 하는
공부 같은 것 말이다.

그런 곳에 살다 보니 알게 된 사실이지만
조용한 곳이라고 특별히 집중이 잘 되는 건 아니다.
오히려 소란함 속에서 그 소란함에 지지 않으려
애써 노력하는 게 더 효과가 좋다.

하지만 고요함 속에서는 평소 듣지 못했던
나의 소리에 집중하게 되니
그럴 수도 있다는 생각이 든다.

조용한 곳에서 공부라도 할라치면
떠오르는 여러 가지 생각의 고리부터
내가 나도 모르게 냈던 다양한 몸의 소리까지 말이다.

나의 목소리, 내 마음의 소란함에
익숙하지 않던 터라
다른 것에 집중하는 게 더 힘들 수도 있겠다 싶다.

기억이 추억이 되는 순간

갑작스레 끊기는 인연이 있다.
특별히 무슨 일이 있었던 것은 아니지만
돌이켜보면 순간 서운했던 것도 같고
나도 모르게 상처를 준 것 같기도 하다.

어쩌면 단지 서로의 상황이 바뀌어 그랬을 수도 있다.

틈만 나면 연락하고 만나 웃던 사이였는데
처음부터 모르는 사이처럼
변한 인연들이 아쉬울 때가 있다.

지나고 보면 이렇게 쉽게 잊힐 일들인데
감정만 앞세웠던 때가 생각나
더 그럴 것이다.

하지만 그때마다 그냥 그 순간
서로 그럴만한 이유가 있었을 거라며

마음을 다독인다.

그래도 함께 웃었던 기억이 남아 있으니
그걸로 된 건가 싶기도 하다.

나이 드는 게 좋아지는 나이

한 해가 지나 어김없이
나이를 한 살 더 먹었다.
누구에게나 공평하게 주어지는 시간이니 당연한 일이지만
그것을 당연함으로 받아들이기까지는
꽤 오랜 시간이 걸렸다.

나이듦이 초조했던 이유는
아무것도 해놓은 것 없어 보이는 자신 때문이었다.
이쯤 되면 무엇이라도 되어 있을 거라 생각했던 일들이
하나도 실현되지 않았기에 찾아오는 낙담 같은 것도 있었다.

하지만 생각해보면
그 어느 것 하나
이루어지지 않았던 날들이 쌓여
지금의 내가 되었다.

어떤 날의 실패가 어떤 날의 기쁨이

지금의 나를 이루고
나를 생각하게 만든 것이다.

얼마 전 친구와 함께 술을 마시며
지금 이 나이가 좋다고 씩씩하게 얘기했었다.

그다지 달라진 것도 없고
그다지 좋아진 것도 없지만
그래서 앞으로 쌓아나갈 게 많다며
그렇게 생각할 수 있는 나이가 되어
좋다는 이야기를 하며 헤헤거렸다.

당연하지만 당연하지 않은 것들

독립해 혼자 살기 시작하면서 마주한
제일 큰 변화는
또 하나의 바쁨이 생겼다는 것이다.

내가 하지 않으면 해결되지 않는
생존과 관련된 일들이 그렇다.

부모님과 함께 살 때는
냉장고만 열면 먹을 것이 가득했고
옷도 그냥 벗어만 놓으면 깨끗하게 세탁되어
서랍 안에 차곡차곡 정리되어 있었다.
청소는 뭐 대충
손 닿는 부분 정도만 해도 괜찮았다.

하지만 스스로 책임질 수밖에 없는 공간이 생기자
분명 어디서 나왔는지 예상되는
머리카락과 벗어놓은 옷가지들

그리고 텅 빈 냉장고를 보며
'오늘은 뭘 먹지!' 하는 고민이 생겨났다.

한 번도 신경 쓰지 않았고
그저 당연하게 생각했기에
하루 중 마주하는 그런 시간이
조금은 낯설기도 하다.

당연하게 누려왔던 편안한 일상이
사실은 누군가의 배려와 희생 속에서 주어졌다니
생각해보면 너무나 당연한 사실을
나는 이제야 알게 된다.

간당간당하지만 무사했던 날들

내가 다니던 중학교는
그 당시 살던 집 바로 옆에 있었다.
교문과의 거리가 정말로
엎어지면 코 닿을 정도의 거리라
집에서 나와 교실까지 가는 데는
채 5분도 걸리지 않았다.
그럼에도 신기하게 나는 매일 지각이었다.

친구들은 하나같이
그렇게 가까이 살면서
어떻게 지각을 할 수 있냐며
어이없어하거나 놀리거나 타박하기 일쑤였고
나조차도 그런 자신이 이해되지 않았지만
나는 매번 지각을 일삼았다.

얼마 전에도 비슷한 일이 있었는데
지금 사는 곳과 KTX 역은 차로 10분 정도 거리다.

역세권에 산다는 것은
도시와 지방 가릴 것 없이 편리하지만
특히 모든 곳을 차로 움직여야 하는 시골에서는
그 편리함이 더 크게 다가온다.

강릉에 가야 할 일이 있어 기차를 예매했다.
강릉은 차로 50분 정도 걸리지만
기차를 타면 15분이면 갈 수 있다.
이 얼마나 좋은 세상인가.

10분이면 갈 수 있는 거리에 기차역이 있으니
준비의 시간이 기본적으로 무척이나 여유롭다.
그날도 그랬다.

여유로웠고 그래서 할 일을,
굳이 지금 하지 않아도 되는 일까지
다 하고 가도 시간이 남겠지 싶었다.

여유 있게 20분 정도의 시간을 두고 집을 나섰는데
하필 토요일이었던 탓에 주차할 곳이 마땅치 않았다.

역시나 그런 시간은 눈 깜짝할 새 흘러가
몇 바퀴를 돌다 대충 멀리 세우고 보니
기차가 역에 들어서기까지 3분 정도밖에 남지 않았다.
다급해져 가방을 부여잡고 열심히 뛸 수밖에 없었다.
이럴 줄 알았으면 평소 달리기라도 연습해둘걸.
평소 달려보지 않은 다리는 천근만근이었고
심장은 터질 것 같았다.

그렇게 뛰고 있자니 문득
중학교 다닐 때가 생각났고
이게 여유의 문제인가 싶었다.
가까우니까, 쉽게 갈 수 있으니까 등의
알 수 없는 자신감 혹은 여유로 인해
결국은 여유롭지 못한 시간을 보내는 것 말이다.

미리 써버린 여유로 인해 매번 다급해지고
다시는 그러지 말아야지 다짐하지만
비슷한 일이 반복되는 걸 보면
내가 느끼는 여유의 기준이
잘못된 건 아닌가 하는 생각이 들었다.

마감을 앞둔 내 모습도 비슷한데
여유를 부리다 마감이 코앞에 닥쳐 일해내기를 반복한다.
생각하다 보니 비슷한 에피소드가 많아
문득 부끄러워졌다.

삶의 과정에서 반복되어버린 태도는
잔인하리만치 명확하게
생각지 못한 행동과 결과로 나타날 때가 있다.

다행히 그날은 마침 2분 지연돼 도착한 기차 덕분에
무사히 목적지에 갈 수 있었다.

뛰느라 아픈 심장의 두근거리는 소리와
헐떡거리는 숨소리를 들킬세라 조심하면서
다시는 느끼고 싶지 않은 기분이라는 생각을 했다.
이렇게 간당간당하지만 무사히 세이프한 일들이
지금껏 살아오는 중에 또 얼마나 많았을까.

모르니까
설레기도 하는 거지

우리 집은 산이랑 아주 가까이 붙어있는데
가장 가까이 있는 나무가 개암나무다.
사실 나는 아직도 개암나무와
다른 나무를 정확하게 구분하지 못하지만
그곳에 있는 그 나무가 개암나무라는 건 알게 됐다.

개암나무 열매를 헤이즐넛이라고도 하는데
처음 그것을 알려준 이가
가을에 열매가 열리면 따서
초콜릿을 만들 수 있다고 했다.

눈이 번쩍 뜨였다.
우리 집에서 초콜릿을 만들 수 있다고?

과정은 모르겠고
우선 만들 수 있다는 말에
설레기 시작했다.

영화 〈리틀 포레스트〉를 보면
주인공이 가을에 개암나무 열매를 따서
누텔라를 만들고 빵 가득 발라 먹는 장면이 나온다.

현실이 꼭 영화 같지는 않겠지만
엇비슷한 상황을 경험하게 될 수도 있을 거라 생각했다.

일 년이 지나
진짜 초콜릿을 만들어보겠다고 이야기했더니
개암나무 열매 전도사는 어이없다는 듯 바라보며
조금은 한심함이 담긴 표정으로 웃었다.

"왜? 만들 수 있다며!"
조금 억울해져 물어보니
열매가 얼마나 달리는지는 봤냐고 한다.
그러면서 잼은 만들어봤냐고….
잼을 만들려면 열매가 얼마나 많이

필요한 줄 아느냐고도 물었다.

열매를 따면 바로 초콜릿이 될 것만 같던 그 나무는
사실 열매가 얼마 열리지 않는
아니 열려도 너무 작아 뭘 해볼 수도 없는
그런 나무였다.

모른 채로 계속 설레기만 하는 게
더 좋았을까 싶기도 하다.

버티며 자라는 마음

호기롭게 회사를 때려치우고
자발적 백수가 된 지 어언 12년쯤 되었다.
부모님의 한숨과 염려를 등에 업고
눈칫밥과 불안함을 마주하며
한 해 한 해를 버텼다.

그러다 보니 어느새 책도 내고 전시도 하고
스스로를 작가라 부르는 게 어색하지 않은
그런 때도 왔다.

아직도 하루 벌어 하루 먹고사는 건 변함없지만
그럼에도 자고 싶을 때 자고
일어나고 싶을 때 일어날 수 있는
삶의 소소한 자유를 누릴 수 있음에
감사할 때가 많다.

그렇다고 해서 한 번쯤 해보라고

선뜻 추천하고 싶지는 않다.

때때로 찾아오는 현실의 불안과 초조함 속에
자존감이 바닥을 치는 순간을 견뎌내야 하는 일이
만만치 않기 때문이다.

그렇게 버텨온 내가
그나마 알게 된 소중한 깨달음 중 하나는
그저 오늘을 충실히 살아내는 것밖에
다른 방법은 없다는 것이다.

그렇게 버티다 보면
살아가는 방법이 보이는 순간을 만나게 된다.
통장의 잔고가 바닥을 드러내도
그 순간을 조금만 버티면 어떤 일이 찾아온다.
물론 삶이 드라마틱하게 변하지는 않지만
그런 하루를 보내고 나면

또 살아갈 힘이 생긴다.

적당한 시기가 되어야
꽃이 피고 열매를 맺는 나무처럼
나의 어느 날도 꽃이 피고
열매를 맺을 거라는 믿음으로
그저 오늘 하루 적당한 양의 물을 머금고
햇볕을 쬐며 기다리는 수밖에 없다.

그렇게 나의 속도로, 나의 날들이 쌓여,
나만의 열매를 맺게 될 거라는 믿음,
혹은 열매 맺지 못해도 꾸준히 해나갈 거라는 믿음,
지난 12년은 그런 믿음이 커가는 시간이었다.

결코 쉽게 얻을 수 없는 것

대부분의 행동에는 이유가 있다.
아주 사소한 행동부터 오랫동안 이어져 온 습관
혹은 어떤 순간 느끼게 되는 감정들까지
대부분 과거의 경험과 기억이 축적되어
현재를 이루고 있는 경우가 많다.

하지만 우리는 많은 순간
현재의 모습만 보기 때문에
지나온 모든 순간이 쌓인 누군가의 지금을
이해하기 어려울 때가 많다.

친하기도 하고 안 친하기도 한 누군가는
다른 사람의 힘든 이야기에는 관심이 없다고 말했다.

친하지만, 안 친한 것 같다고 생각하게 된 계기가
그 이야기를 듣고 난 후부터였는데
대부분의 깊은 관계는 누구에게도 보이고 싶지 않은

나의 치부 혹은 힘든 순간을 나누면서
돈독해진다고 생각하기 때문이다.
그래서 좋은 것만 보려고 하는 그의 모습에서
왠지 모를 벽을 느꼈는지도 모른다.

모든 행동과 감정에는 이유가 있듯이
그것을 받아들이기 힘든 순간에도 이유가 있다.
그리고 나에게는 별거 아닌 일이
상대방 과거의 어떤 순간과 연결되어
지독히도 나쁜 순간이 될 수도 있다.
어쩌면 그에게도 그런 이유일까 싶지만,
이것 또한 듣지 못했으니 알 수 없는 일이다.

어느 한쪽 면만 보고
그 사람의 전부를 이해하기란 쉽지 않다.
누군가의 행동을 이해하기 위해서는
때로는 보고 싶지 않은 찌질한 어떤 순간까지

들여다보고 인정해야 할 때가 있다.

분명 쉽지 않고 때로는 버겁기도 하지만
한 사람을 만난다는 건
그 사람의 인생이 통째로 오는 것이라는 어느 시구처럼
결코 만만한 일이 아니라는 생각을 하면
또 도전해볼 일이다.

보지 못하는 세상

"뭐라도 해봐."

더 이상 뭘 해야 하는 걸까
뭐라도 해보라는 친구에게 되묻고 싶었다.

그림을 그리며 살고 싶다는 생각을 하면서
그렇게 살려면 어떻게 해야 하는 건지 몰라
뭐든지 하면서 지내던 때였기에
억울한 마음이 컸다.

한 달에 한 번 이상 크고 작은 전시에 참여했고
하다 보면 뭐라도 되겠지 싶어
이곳저곳을 기웃거렸다.

차가 없어 그림을 비롯한 이런저런 짐들을
한가득 이고 지고 다녀야만 했다.

그럼에도 나를 잘 안다고 생각했던
친구가 하는 이야기였기에 억울하지만
진짜로 뭘 하지 않고 있는 건 아닌가 싶었고
그렇게 보이는 내 자신이 부끄럽게 느껴지기도 했다.

지금 와서 생각하면
친구의 그 말은 다른 친구들보다 늦었던
내가 걱정돼서 하는 소리였던 것 같다.
혼자 열심히 고군분투하고 있지만
이렇다 할 성과가 보이지 않으니
정말 아무것도 안 하고 논다고만
생각했을 수도 있다.

그럼에도 그 시절 나의 열심이
부정당한 것 같은 기분은 어쩔 수 없다.

사람은 아무리 친해도

심지어 가족이어도
모르는 부분이 있기 마련이다.

내가 정한 기준으로
그 사람의 모든 것을 안다
생각하는 것만큼 큰 착각도 없다.

보이지 않아도 존재하는 것들이 있다.
때론 그런 것들이 더 중요하다.

"뭐라도 해봐!"라는 이야기는
얼마 전에도 들었다.

세 권의 책을 내고
매일을 마감에 허덕이던 때에
오랜만에 만난 또 다른 친구에게서였다.

토씨 하나 틀리지 않은 이야기였기에
과거 그 말을 들었던 시절을 떠올리기도 했지만
내가 뭔가를 하고 있다고 해서
듣지 않을 이야기는 아니라는 생각이 들었다.

그리고 이 친구는 내가 뭘 하면서 사는지
진짜 관심이나 있을까 내심 궁금해졌다.

불편하지만 괜찮습니다

종종 시골생활이 불편하지 않냐고
물어오는 사람들이 있다.
불편함이 전혀 없다고는 못하겠지만
그렇다고 그 불편함이
생활을 방해할 정도는 아니니 괜찮다.

도리어 불편함으로
생각하게 되는 것들이 있고
불편함을 개선하기 위해
주변을 세세히 살펴볼 기회가 생겼달까.

시골에는 가로등이 많지 않다.
가로등에서 나오는 빛으로 인해
주변의 작물이 잘 자라지 못해서
부러 가로등을 설치하지 않았다는 것이다.

처음 그 이야기를 듣고

차마 티를 내지는 못했지만
엄청 감동했던 기억이 있다.

해가 지면 칠흑 같은 어둠으로 인해
다니기는 불편하지만 나의 편함을 위해
여러 작물에 피해를 줄 수는 없는 일이다.
그래서 그 불편함이 괜찮다.

모든 것이 갖춰져 있을 때는
그것이 나에게 필요한 것인지도 모른 채 누리기만 했다면
이제는 나에게 정말 필요한 것이 무엇인지
혹은 조금 불편하지만 나의 편리를 위해
다른 것들에게 피해를 주는 것은 아닌지 생각하게 된다.

콩나물 같은 마음

방 한구석 햇빛이 들지 못하게
검은 천으로 덮어 놓은 콩나물을 보면
그 안에 무엇이 있는지
누구도 보지 못하게 숨겨놓은
보물 같다는 생각이 든다.

덮여 있는 검은 천을 조심스레 걷어내면
샛노란 머리를 한 콩나물들이
제각각의 키로 자라 가득한데,
검은색과 노란색의 대비 때문인지
검은 천을 걷었을 때 보이는 노란 콩나물 대가리는
마트에 놓인 그것보다 더 싱그럽고 활기차다.

마음을 살피는 일은
콩나물에 물을 주는 것과 같다는
이야기를 들었다.

매일 매일 검은 천을 걷어내고
물을 줘야 하는 콩나물처럼
마음도 매일 걷어내고
물을 줘야 한다는 말일 것이다.

제각각의 키로 들쑥날쑥 자라나 있는 콩나물처럼
내 마음 안에도 제각각의 마음들이 있음을,
그중에 오늘 어떤 마음이 제일 크게 자라는지
들여다봐야 한다는 것일 수도 있다.

선명하고 그래서 싱그럽고 활기차 보였던 것처럼
내 마음도 그것만으로 괜찮다는 걸
알 수 있게 된다는 말일 수도 있다.

콩나물을 보고
보물 같다는 생각이 들었던 이유를
이제야 알 것 같다.

좋아하니까 좋아지는 것

"좋아해!"라는 말을 내뱉으면
신기하게도 진짜 좋아진다.
진짜로 좋아하는지 아닌지 아리송할 때도
"좋아해!"라고 말하고 나면 정말로 좋아졌다.

그걸 알게 된 건 주변의 누가 좋아하는 걸
따라 하면서부터였는데
초등학교 짝꿍이 좋아하던 가수가 그랬고
오랜 단짝이었던 친구가 좋아하던 곱창이 그랬다.

클래식은 예전 애인이 좋아해서 듣기 시작했고
무슨 맛으로 먹는지 몰랐던 차는
좋아하는 이웃들과 마시며 좋아하게 됐다.

아, 뮤지컬!
뮤지컬을 엄청 좋아하는데
이것 또한 고등학교 때 친구 덕분이다.

누구와 무언가를 함께할 때
"이거 좋아해?"라며
나의 의사를 묻는 경우가 있다.

그런 것을 묻는다는 건
'내가 이걸 좋아하는데 함께 해볼래?'의
다른 말인 경우가 많다.

그것을 알기에 굳이 싫다는 말로
분위기를 흐리고 싶지도
까탈스러운 사람이라는 인식을 심어주기도 싫어서
대부분은 "좋아해!"라는 말을 해버렸던 것 같다.

하지만 함께하고 보니 좋은 것들이 대부분이어서
내가 손해를 봤다는 생각은 들지 않는다.
오히려 자신이 좋아하는 것을
서슴없이 소개해주고 함께해준

그 사람들이 고마울 따름이다.

그 사람들이 없었다면
지금 내가 좋아하는 것들을
평생 모르고 살았을지도 모를 일이다.

처음으로 연예인을 좋아하게 해준
초등학교 짝꿍도, 곱창을 좋아하던 친구도
클래식 마니아였던 전 남친도
뮤지컬을 좋아하던 친구도
지금은 무얼 좋아하며 살고 있는지
알지 못한다.

그때 좋아하던 것을
지금도 좋아할지는 알 수 없다.
그래도 그 사람들이 남겨준
좋아하는 것들이 모여

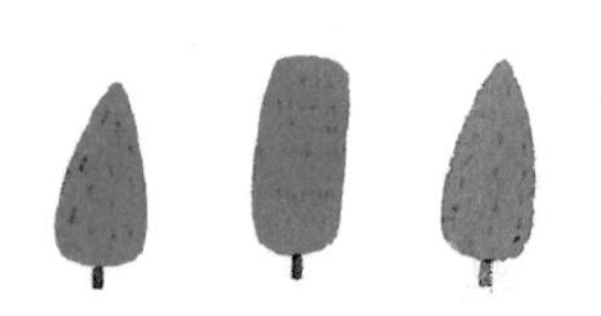

나의 취향이 만들어졌다는 건 확실하다.
그리고 또 지금 좋아하는 사람들이 좋아하는 것들로
나의 새로운 취향이 만들어지고 있다.

내가 좋아하는 사람들이 나누어준
좋아하는 것들이 내 주변에 쌓여
나의 좋은 오늘이 만들어진다.

쓰고 보니 그건 꽤나 멋진 일인 것 같다.
좋아한다는 말을 많이 하면서 살아야겠다.

작은 마음

누군가의 불성실하거나 무책임한 태도는
어떤 문제를 발생시키기도 한다.
그런 일들이 고스란히
내 몫으로 남겨질 때도 있다.

그럴 때마다 나는 문제가 된 일들을 해결하기에 앞서
사람에 대한 원망부터 늘어놓는다.
그러다 보면 예전에 있었던 사소한 기억까지 떠올라
그렇게 원망에 원망이 쌓여 눈덩이처럼 불어난다.

내 마음이 누군가의 허물까지 담아내기엔
너무 작은 건지 투덜투덜 잔뜩 찡그린 표정으로
원망을 쏟아내고 있자니 가만히 듣고 있던 사람이 말한다.

어차피 해결해야 하는 몫이고
그런 걸 보면서 나는 그러지 말아야지
배우면 되지 않겠느냐고

내가 욕해봤자 그 사람은 모른다고
그저 말하고 있는 내 마음만 힘들다고 말이다.

어차피 그 사람이 불행해진다고
내가 행복해지는 건 아니지 않냐고.

오히려 지금 쏟아낸 원망들로
그 사람이 잘못되기라도 하면
더 불편한 마음만 생길 거라고.

하나도 틀린 말이 없다.
하지만 그걸 온전히 담아내기에는
내 마음이 너무 작아 문제다.

좋은 이유

책이 많은 공간을 좋아한다.
그래서인지 어느 곳이든 처음 가는 곳에 책장이 있으면
그곳을 매우 조심스럽고도 유심히 살펴보는 편이다.

나에게 책은 상대방이 어떤 사람인지 알게 해주는
중요한 척도이기도 하다.

좋아하는 책이 그 공간에도 꽂혀 있으면
괜히 반가워 마음이 놓이고
한 분야의 책이 많이 꽂혀 있는 것만으로도
요즘 어떤 것에 관심이 있는지를 알 것만 같다.
그렇게 무엇을 좋아하는지
혹은 요즘의 관심은 무엇인지
때로는 대략의 성격까지 상상해볼 수 있다.
(맞지 않을 때도 많지만 말이다.)

책이 많은 공간 중에서도 유독 도서관을 좋아하는데

그래서인지 도서관에 가는 길은
산책하러 가는 강아지 같은 기분이 된다.

막상 책을 읽는 시간보다 고르는 시간이 더 길고
긴 시간 심사숙고해 대여할 수 있는 만큼 빌려와도
결국엔 반도 읽지 못하고
돌려줘야 하는 일이 허다해도 말이다.

조심스러움이 담겨있는
작은 소리가 주는 배려심에 편안해지고
그곳에 있는 사람들의 열심과 성실함을 보며
나도 열심히 해야지 하는 용기가 생긴다.

그리고 좀 이상하게 들릴 수도 있지만
다 읽지 못하고 돌려줘도
다시 빌려오면 되는 시스템도 좋다.

굳이 미션을 완수하지 못하더라도
언제든 괜찮으니 다시 하면 된다고
말하는 것만 같아서 말이다.

시간이 없다는 말

시간 없다는 말을 참 많이도 하고 또 듣는다.
그리고 시간이 없다는 핑계로
하지 못하는 것들도 많다.

밥 한번 먹자는 지인의 말도
시간이 없다는 이유로 뒤로 미루고
시간이 없다는 이유로
운동도 하지 않고 책도 읽지 않는다.

하지만 대부분 핑계인 경우가 많다.

시간이 없다는 건
누군가에게 내어줄 시간이 없다는 말이기도 하지만
나를 위한 시간도 없다는 말이기도 하다.

가끔 정말 바쁘게 사는 사람들을 본다.
시간을 내어 만나러 가도

"잠깐만요. 이것만 끝내고요"라는 말로
한없이 기다리게 할 때도 있다.

반가운 마음에 찾아간 나는 기다리는 동안
그가 처리하는 어떤 일들보다
뒷전이 된 것만 같아 서운한 마음이 든다.

어쩔 수 없겠지만 그럼에도 밀려오는
불편한 감정 또한 고스란히 내 몫이 된다.

바쁘게 일하는 그들의 모습을 보며
멍하니 기다리기만 하는 자신이
뭐 하는 건가 싶기도 하고
괜히 방해되는 것 같아
되도록 찾아오지 말아야겠다 싶다.

시간이 없다는 말은

어쩌면 무언가를 잃을 수도 있다는 말이다.

누군가 시간을 내어 자신을 찾아왔을 때
그 시간도 챙기지 못할 만큼
틈 없는 삶이 안쓰럽기도 하지만
여백 없는 삶은 마음의 여유도 잃게 만든다.

얼마 전 몇몇 지인들과 독서 모임을 시작했다.
함께 한 권의 책을 정해진 기한 내에 읽고
이야기 나누는 모임이다.

그런 모임이 생기니 시간이 없어 읽지 못했던
책을 읽을 시간이 생겼다.
시간이 없다는 건 핑계였다는 걸
다시 한 번 증명한 셈이다.

이참에 시간이 없어 하지 못했던 일을

찾아 할 수 있는 방법을 강구해보기로 했다.

그런 것들을 하나하나 찾다 보면
그 시간들이 모여 뭔가를 해나가는
내가 될 것 같다는 기대가 생겼다.

기다리는 연습

이곳의 봄은 조금 늦게 시작된다.
봄꽃 구경에 신난다는 뉴스가 한창일 때에도
어느 날은 눈발이 날린다.
그런 풍경이 아직은 낯설고 신기하다.

눈 때문인지 봄이 오는지도 모르고 지내다
달력을 보니 봄이 된 듯해
텃밭 가꾸기를 빨리 시작해야 한다는
조급한 마음이 들었다.

빨리 고랑도 만들고 씨앗도 심어
초록한 생명체가 자라는 모습을 보고 싶었다.
빨리해야 하지 않냐고 분주하게 재촉하니
다 때가 있는 거라며
여기는 5월이 돼도 눈발이 날리는 날이 있어
자칫하면 수고가 무색해지게 다 죽어버릴 수도 있으니
기다려야 한다고 한다.

갑자기 자신이 없어졌다.
성격도 급하고 뭐든 빨리해야만 하는데
심을 때를 기다리고 자라나길 기다리고
열매 맺기를 기다리는
그야말로 기다리는 일투성이인
이 일을 잘 해낼 수 있을지 모르겠다.

이참에 기다리는 연습을 해야 하나 싶다.

어른의 마음을 배우는 중입니다

어딘가에 메이고 싶지 않아
작업실도 만들지 않았고
차도 없이 뚜벅이로 지내는 시간이 길었다.

독립하고 싶은 마음도 있었지만,
그것조차 나를 가두는 틀이 될 것 같아
나이 먹도록 부모님과 함께 살았다.

아무것도 구애받지 않고
언제든 떠날 수 있다는 게
편하다고 생각했으니까 말이다.

시골로 이사 온 뒤에야
집을 얻어 독립하게 되었고
차가 없으면 다니기 힘든 곳에
살기로 했으니 차도 사야 했다.

어쩔 수 없는 일이지만 이렇게 하나씩
나의 것이 생긴다는 게 꽤나 짐스러웠다.

하나씩 나의 것이 생긴다는 건
그만큼 책임의 무게가 더해지는 일이다.
그것이 나의 발목을 잡아도
끝까지 책임져야 하는 나의 몫이다.

이런 게 어른의 마음인가 싶다.

에필로그

이번 책은 나오기까지 꽤 오랜 시간이 걸렸다.

그 사이 함께 책을 만들기로 한 출판사 편집장님은
기다림에 애가 탔을 것이고
평생 같이 놀 수 있는 친구이자 반려자를 만났으며
또 그와 함께 살 집이 생겼다.
좋은 이웃이 생겼고,
그래서 난 아직 강원도에 살고 있다.

여행을 가지 못해 몸이 근질거리는 시간도 어느새 익숙해져
이제는 집에서 노는 게 편해졌다.

그리고 서울은,
도시는 여전히 복잡하고 힘들다.
이건 시간이 좀 더 지나도 여전히 그렇지 않을까 싶지만,
모르는 일이니 단언하지는 않겠다.

내 곁에 많은 이들이 머물다 스쳐갔고
또 새로운 이들을 만나고 있다.

단조로운 하루하루를 지내는 것 같지만
생각해보니 그사이 참 많은 일들이 있었다.
하루가 지날 때는 몰랐는데 모아놓고 생각해보니 그렇다.

이렇게 별거 아닌 줄 알았던 나의 오늘이 모여
책으로 만들어지듯 별거 아닌 줄 알았던
오늘이 차곡차곡 쌓여 인생을 만든다.

그러니 내가 아는,
나를 아는 모두가
오늘 이 순간 조금은 즐겁게,
힘을 내고 또 행복했으면 좋겠다.

"당신의 오늘을 마음 깊이 응원합니다."